学习竞争

胡锡伟 著

北方文藝出版社

图书在版编目（CIP）数据

学习竞争 / 胡锡伟著 . —— 哈尔滨：北方文艺出版社，2021.8
ISBN 978-7-5317-5164-9

Ⅰ.①学… Ⅱ.①胡… Ⅲ.①短篇小说－小说集－中国－当代 Ⅳ.① I247.7

中国版本图书馆 CIP 数据核字 (2021) 第 119443 号

学 习 竞 争
XUEXI JINGZHENG

作　　者 / 胡锡伟	
责任编辑 / 富翔强	装帧设计 / 树上微出版
出版发行 / 北方文艺出版社	邮　　编 / 150008
发行电话 / (0451) 86825533	经　　销 / 新华书店
地　　址 / 哈尔滨市南岗区宣庆小区 1 号楼	网　　址 / www.bfwy.com
印　　刷 / 武汉市籍缘印刷厂	开　　本 / 880×1230　1/32
字　　数 / 86 千	印　　张 / 4.5
版　　次 / 2021 年 8 月第 1 版	印　　次 / 2021 年 8 月第 1 次印刷
书　　号 / ISBN 978-7-5317-5164-9	定　　价 / 58.00 元

目录

阿霞…………………………………… 1
学习竞争………………………………… 4
难忘的旅行……………………………… 7
应聘保安………………………………… 11
乒乓球…………………………………… 14
借书……………………………………… 18
五块钱…………………………………… 20
一尊小金佛……………………………… 24
钢笔……………………………………… 28
副县长…………………………………… 30
笔记本…………………………………… 33
写论文…………………………………… 35
一次意外………………………………… 37
控方证人………………………………… 40
赌博……………………………………… 42

音乐	46
老好人	49
资助	51
救人	54
顶罪	57
不平凡的人	59
碰瓷	61
房	64
青花瓷	66
江南	68
李县长	71
战友	73
室友	75
赌约	78
斗地主	81
折痕	82
圣诞礼物	85
武林录	88
英雄传	117

阿霞

　　小陆新买了一盒磁带，就在寝室内放了起来，一曲《同桌的你》听完，大家就七嘴八舌地说开了。
　　"小杨，你有没有'同桌的你'啊，跟大家讲讲。"
　　"小李，你呢？"
　　小李是一个从浙江农村来省城念大学的小伙子，现在念大三了，做事很认真，室友们都很喜欢他。
　　小李志向远大，当初考数学系就是为了以后当个数学家，因家境贫寒，想自己赚学费，在室友们的鼓励下，就和室友们在寝室内搞了一个租书店，出租金庸、古龙等人的武侠小说，渐渐荒废了学业，搞得自己痛苦不堪。
　　今天恰是周六，大家又都在一起，寝室很热闹。
　　看着大家期盼的目光，小李说道："同桌已记不清了，这首歌的确使我想起了一个人，她叫阿霞，是我的小学同学。"
　　"阿霞跟我是同村的，她家跟我家相隔也就一百来米的样子，她妈妈是上海来的知青，村里人都很敬重她。我是七岁上的小学，因为经常与堂兄打架，所以我妈提前一年把我送进了学校，当时面试很紧张，老师叫我从一数到一百，我毫不费力地完成了，于是就上了小学一年级。还记得上学第

学习竞争

一天，老师叫我们写字，我没有带纸，当时就哭了，阿霞看到了，就递给我一张纸，我很感激她。她长得很端庄，为人又大气，是一个第一眼看到就让人喜欢的女孩子。从那时起，我就认识了她。"

"那时候，刚改革开放，百废待兴，老师给我们讲四个现代化的美好憧憬，什么热弹冷弹打敌人，我们听了都笑了，我发现阿霞笑得特别开心。"

"她很大方，经常会带糖果给同学们，同学们都很喜欢她。"

"忘了是她提出的，还是我要求的，要我到她家去写作业，放学之后，我就去了，一起写作业的时光我感到很幸福，终生难忘，还记得写到一半时，她奶奶端出了一盘点心让我们吃，是糯米麻团，外面是芝麻，里面是糯米，在当时那一般是招待最重要的客人时才会拿出来的，特别香甜。做完了作业之后，我们又叫上其他的女同学一起玩'抓逃'，就是有人跑，有人追，当时玩得那么开心，以至于天都晚了，月亮都出来了，我们还在玩。回来的时候，要经过一个地方，叫大庆，是摊死人的地方，我很害怕，每次都是一边吹口哨一边跑回来的。"

"后来宋庆龄去世，我们一起哀悼；班级朗诵比赛，她得第一，我得第二；我们一起看着墙上的标语换新；原以为我们会这样一天天长大……"

"那是三年级的时候，有一天，阿霞和她妹妹一起到学校来，说她们要去上海了，回来和老师、同学们告别，这真是一个不好的消息，我真是依依不舍，但是没办法，原来她

爸爸不幸去世了，有天晚上，她爸爸从朋友家喝了点儿酒，骑自行车回家的时候，从海塘经过'汽门'时不小心摔下去了，她们要和妈妈一起回上海了。"

"从此，我觉得生活中好像失去了什么。"

"音信全无，十几年过去了，不知道她现在怎么样？只在考上大学那一年，偶然听到一个儿时伙伴对别人说，阿霞考上了上海一所很不错的大学，就没有更多的消息了。"

大家听了小李的讲述之后，很是唏嘘。

没多久，小李毕业了，工作了，过了几年，又结婚了，为人父了，渐渐地从小李变成了老李。有一天，他突然心血来潮，又想起了阿霞，于是用百度搜她的消息，终于让他找到了一条，是阿霞卷入了她奶奶的遗产纠纷。其余的，一概不知。他真的很想知道她小学三年级分别之后的消息，但是，问了儿时伙伴，都说不知。

学习竞争

小李和小杨是同班同学，又是同一寝室的室友。

小李志向远大，又有点儿年少轻狂，考数学系就是为了以后当数学家，平时喜欢看金庸的武侠小说。小杨是从安徽省城来的，听说他爸爸是个干部，很有来头。小杨平时做事小心翼翼，扭扭捏捏，小李给他起了个外号叫"小姐"。那时候，同学之间起外号很平常，几乎班上每个同学都有外号。

小李和小杨的床铺是对着的上铺，一到晚上熄灯，他俩就针锋相对，各自讲家乡的长处，从经济、文化到人物，吵得不亦乐乎。

第一学期过去了，小李的成绩是班上第六名，小杨则是第十三名。小杨有点儿不服气，平常自己比他用功，怎么成绩反而不如他。小李对自己也不满意，认为自己可以更高些。

第二学期开始了，有一门课小李因病缺了几次，想不到期中考试，小李的成绩反而比小杨好，小杨很不服气，小李对小杨说："我就算不上课，也比你强。"小杨很生气，说："你等着，我一定超过你。"

有一天，隔壁寝室的小赵来找小李，说他看中了一套书

金庸的《笑傲江湖》，自己的钱不够，想与小李拼着买，不知小李意下如何。小李知道小赵是从上海来的，家境丰厚，怎么会缺钱呢？但一想到买金庸小说，就同意了。后来小李给了小赵一本英文小说，那套《笑傲江湖》就归小李了。小李有收藏书的爱好，小学的时候就收藏了几百本连环画，从那时起，省吃俭用，又买了《天龙八部》《连城诀》等金庸小说。终于，十四套金庸小说收集齐了。

1993年，同寝室的小陆提出了一个建议，说小李有这么多武侠书，大家凑点钱，再买一些，用来出租不是很好吗？大家纷纷表示赞同，小李一听，却有些犹豫，怕耽搁了学业。但后来一想到自己家境贫寒，赚点学费也好，于是在大家的鼓动下，同意了。

于是，寝室租书有人看管，小李的任务就是收集武侠小说。梁羽生的，古龙的，温瑞安的，小李跑遍了省城的大小书店，晚上到卖鱼桥、拱宸桥的地摊上去收集各种武侠小说。一天天过去了，小李渐渐荒废了学业。

一个偶然的机会，小李认识了一个女孩子，是与他同一学校低两级的一个女生，很秀气，小李请她看电影，吃夜宵，又快乐又忧愁，忧的是交往总需要花钱，而出租图书又被学校禁止了。只好卖书，于是他又跑到卖鱼桥、拱宸桥摆地摊卖书，书一本本少了，这样的日子维持不了多久，于是小李就不去找她了。

学习竞争

  日子过得真快，转眼就毕业了。这时，小杨的成绩还是第十三名，而小李的成绩却是倒数第二名。在毕业会餐上，小杨敬了小李一杯酒，说："我说过，我会超过你的。"

难忘的旅行

高三快毕业了，阿军跟几个好友正在校园照相留念，想留住这美好的时光，在谈到日后的理想时，阿军说："只要努力，没什么做不到的。"有人表示赞同，阿军是班长，学习成绩又是班上第一，象棋、乒乓球冠军，还会写诗，有说这话的气魄。也有人则认为阿军有点儿年少轻狂了。阿军自己知道这个信念的由来，是来源于初三时一次难忘的旅行。

阿军初中时成绩并不突出，只是一个活泼好动学习用功的男孩子，每学期学习成绩都有进步，尤其是数学，从被数学老师批评，叫到办公室去做题目，到后来逐渐成为班上第一，用功是主要原因。阿军做每一件自己喜欢的事都很执着，曾经在下雨天打着雨伞打乒乓球，被他表哥看见了，为之惊叹。

到了初三，阿军的成绩也排到了班级前十名之内，阿军认为还需继续努力。阿军有几个好朋友，阿平的成绩比他好，阿杰的成绩跟他差不多，还有一个阿强，在这几个人中，年纪最大，俨然成了头脑，许多主意都是他来定。那天那个主意就是他出的，晚上骑自行车环游县城，那天是星期六，第二天不用上课。大伙听了，精神为之一振，这路程可不算短，从他们就读的那个学校所在的镇出发，逆时针环游县城一圈，

学习竞争

差不多有六十公里，的确是个挑战。

　　初生牛犊不怕虎，傍晚，几个人吃过晚饭之后出发了。先向西行，这对他们来说是一条陌生的公路。几个人你追我赶，飞快地在公路上奔驰着。骑了没多久，突然阿平停了下来，原来是自行车链条断了，这可糟了，附近没有修车的地方，大家一商议，决定把自行车先寄放在附近村子里。找了一户人家，寄放好自行车之后，又出发了，几个人轮流带阿平。夕阳西下，又到了一个村庄，有条小河，有个女孩子在河边洗衣服，那景色很美。阿军想起了"枯藤老树昏鸦，小桥流水人家"的诗句，觉得很应景，真想停下来多看一会儿，不过其他人已经骑远了，只好赶上去。

　　月亮出来了，终于骑到了县城，街上已没有多少行人，空旷旷的，于是他们决定推着走一会儿。20世纪80年代后期的浙江县城，小商品经济已经很发达了，但这条街不是主要的商业街，所以显得有点儿冷清。离开了县城，向东走，这是比较熟悉的路了。过了一个又一个村庄，骑着骑着突然阿杰摔倒了，原来他的自行车被一麻袋什么东西绊倒了，打开一看，原来是一袋笋，大家决定带它上路。那就是三辆车带着一个人一袋笋了，大家都觉得有点儿累，又坚持了一会儿，骑过了阿军的村庄，实在骑不动了，于是就坐在路边休息。大家谈理想、谈人生，后来谈到怎么处理这袋笋，决定拿到市场卖了。休息完了，大家又上路了，阿军带着这袋笋，骑到了一个地方，已经是筋疲力尽，这个地方是个陡坡，平时

难忘的旅行

阿军骑自行车回学校，就是不带东西也得下车推行，怎么办？下车吗，阿军决定不服输，脑子里冒出一个念头，"只要努力，没什么做不到的。"于是阿军没有下车，居然真的骑上了陡坡，那种心情，没法形容。

到了学校所在的镇，已经是凌晨三点了，学校是进不去了，大家决定到阿强家里睡一会儿。第二天早晨，就拿着笋到市场上去卖，没人要，说有点儿气味，于是大家就扔下笋，回来了，没想到，笋一下子就被抢光了。

对阿军来说，这次旅行很难忘，收获很大，他变得更自信了，"只要努力，没什么做不到的。"英语本来是阿军的薄弱环节，经过努力，他进步很大，变成了班上前几名。中考过后，阿军上了中专分数线，这是很了不起的事，不过后来他还是念了高中，成绩在班上一直是数一数二的，"只要努力，没什么做不到的。"

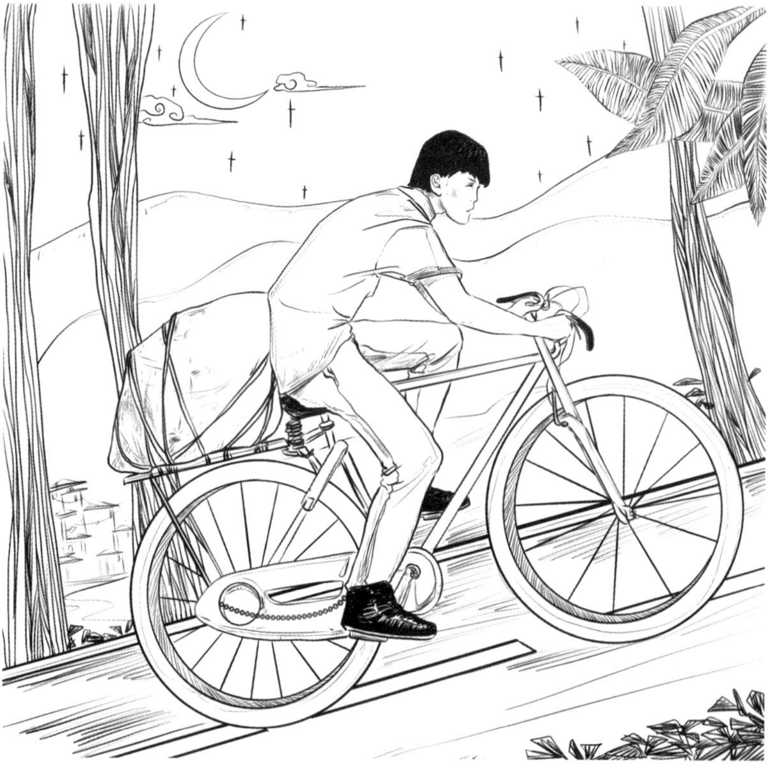

应聘保安

阿军想找份工作，一份有固定收入的正式工作，难怪他着急，高中毕业已经好几年了，就是没找到称心如意的工作。高考一结束，他就知道考不上大学了，因为物理考砸了，有几道本来会做的题都莫名其妙地没做出来，所以就想找事做，阿军的家里比较贫穷，父母都是农民，没有额外的收入。

阿军最先想到的是学木工，有一份手艺，村子里有的是活，于是他跟着村子里最好的木匠师傅学手艺，学了一段时间，出师了，他接到了第一份活，就是为一户人家做几条凳子。做完了凳子，主人发现没有一条凳子的脚是平的，于是阿军不做木匠了。阿军想到了学开车，但这需要一大笔钱，阿军跟父母商量，叫他们去借，但借来借去，还是凑不齐钱，只好作罢。后来，在一个亲戚的介绍下，阿军到县城一所中专学校的食堂当学徒，这样一来，没过多久，阿军的许多朋友过去了，每次阿军都是热情招待，师傅看不下去了，说了他几句，于是阿军又不干了。他想去外国做劳务，父母不放心，于是他就在附近工厂里打打短工。

日子一天天过去了，这次阿军进城了，确切地说，是到了靠近城市边上的小镇，阿军哥哥的女朋友新开了个电子游

学习竞争

戏机店，生意很好，照看不过来，所以阿军哥哥叫阿军去帮忙。每天看店，虽然不是很无聊，但阿军想，这也不算个工作啊。所以，阿军想找份工作，想在城里找一份有固定收入的正式工作。

于是，阿军开始留意晚报上的招聘信息，有一天，阿军看到了报上的一则招聘信息，是市内一家大型商场招聘保安，阿军决定去应聘，阿军很有信心，阿军个子虽然不高，但很结实，上初中时，曾跟一个来学校捣乱的社会小青年打过一架，不分上下，所以阿军在这方面有点儿自信。

阿军去应聘了，有点儿紧张，主管看了简历，又打量了阿军一眼，没说什么，叫他留下 BP 机号，一星期内等消息。

等了三天，阿军很忐忑，所以决定到市新华书店买套武侠小说看看，舒缓一下。阿军出发了，坐着中巴车快到东站的时候，有个穿蓝色夹克的男的下车了，他和阿军同坐在最后一排，阿军看到座位上有个钱包，鼓鼓的，装的都是百元大钞，大概有两千块钱，显然是刚才那个人掉的，阿军毫不迟疑，对那个男的说："你的钱包掉了。"那个男的也没道谢，就走了。

过后，阿军心想，要是我有这么多钱多好，借朋友的五百块钱就可以还了，原来阿军的一个朋友结婚，阿军跟别人借了五百块钱送礼，现在还没还呢。

阿军买完书回来了，不久他的 BP 机收到了信息，他回了电话，是商场的主管打来的，叫他过去一下。

阿军到后,主管告诉他,他被录用了,明天开始上班,工资一个月两千元。

阿军很高兴,走了。

一个穿蓝色夹克的男的走进来,对主管说:"这小伙子不错。"

学习竞争

乒乓球

阿军很喜欢打乒乓球，从小学三年级就开始打，那时候学校只有一张乒乓球桌，许多同学围在一起，"抢王""点将"，抢到王就能多打一会儿，阿军的水平还不错，经常能抢到王。那时他个子还不高，上衣口袋经常被乒乓球桌桌角钩破，回家常挨妈妈的骂。

上了初中，阿军对乒乓球几乎到了痴迷的地步，水平也不断提高，有一次天下雨，他打着雨伞跟同学打乒乓球，被他表哥看到了，为之惊叹。阿军参加了各种乒乓球比赛，成绩还不错，到了高中，还拿了冠军。

上了大学，阿军体育课选了乒乓球班，教他们的老师是前省队队员，阿军的水平得到了进一步的提高，代表系里参加学校乒乓球比赛。阿军从"推挡扣杀"中找到快乐，既能锻炼身体又能提高敏捷度和反应能力，这是阿军想到的打乒乓球的作用。

那天，阿军心很烦，原来阿军志向远大，当初考数学系就是为了以后当个数学家，因家境贫寒，想自己赚学费，在室友们的鼓动下，就和室友们在寝室内搞了一个租书店，出租金庸、古龙的武侠小说，渐渐荒废了学业，搞得痛苦不堪，

那天正好有一门课考试又不及格。于是，阿军决定去打乒乓球散散心。

体育馆内的乒乓球馆不开放，阿军只好去室外的水泥做的乒乓球台打，乒乓球台在路边，靠近女生宿舍。总共有四张乒乓球台，其中一张已有两个女生在打。阿军和同学也打了起来，突然一个乒乓球落到了阿军的脚下，是那两个女生的球，阿军把它捡起来，给了她们，其中一个娇小秀气的女生说了声"谢谢"。阿军注意到她了，看她打得还不错，于是大着胆子，红着脸称赞了她几句。那女生倒很大方，说："要不，我们打一盘？"于是，他们就打了起来，打到了吃晚饭的时间，他们约第二天再打。

他们就这样认识了。阿军知道了这个女生叫阿云，比阿军低两级，是建筑系的大一学生。他们开始了交往，他们一起打乒乓球，一起看电影，一起去图书馆自修，阿军会跳舞还是圣诞节的时候阿云教的。阿云生日的时候，阿军送了一只球拍给她，红双喜的板，友谊的胶皮，这是阿军最喜欢的球拍。阿军第一次跟女孩子这样近距离接触，阿军也不知道这是不是就是谈恋爱，阿军只感到幸福。阿军还专门写了一首词表达他的感情和内心的喜悦。

他们开始谈人生，谈对未来的憧憬，阿云告诉阿军，她父母都是编辑，现在在深圳发展，她毕业后也要到深圳去。阿军感到了和阿云有距离，他父母都是农民，现在自己又当不成数学家了，前途还一片渺茫，他对他们俩的未来感到迷

学习竞争

惘。从那以后，他们的见面次数渐渐少了，阿军开始回避阿云，阿云几次约他，他都不去。有一天，阿军遇到了阿云的同学，阿云的同学告诉他，阿云很伤心，都没心情去上课。阿军没有去找她，再也没有去找她。

阿军毕业了，当即将踏上南下的列车时，他看到了阿云，阿云来送他，把那个乒乓球拍还给了他。阿云至此也不明白，可能以后也不会明白他俩为什么会分手。

阿军在工作单位，还是喜欢打乒乓球，只是每次拿起那个乒乓球拍，他的心里都有一种莫名的伤感。

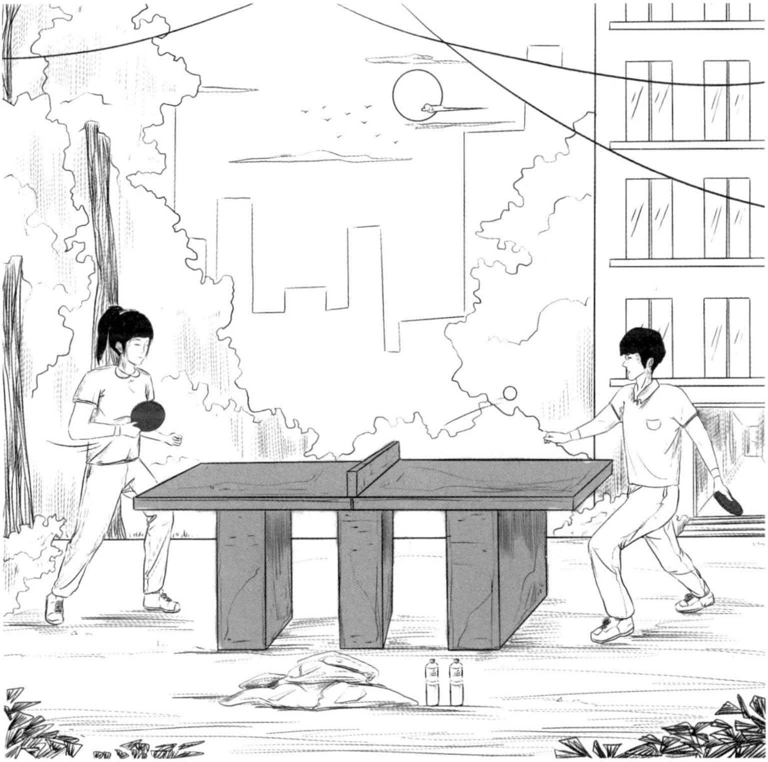

学习竞争

借书

　　阿军和阿平是好朋友，也是同学。他们从小学五年级开始就认识了，阿平在村小学读到了四年级，五年级的时候转到了乡中心小学，与阿军是同一年级的隔壁班的同学。一天课间休息，阿平和同学们一起玩单杠，阿平玩了几个危险动作，阿军从旁边经过，就注意到他了，叫他小心，于是他们就认识了。

　　考到了同一所县重点初中，又是同班，他们成了朋友，几乎形影不离，一起吃饭，一起进行体育训练，曾经一起在晚上骑自行车环游县城一圈，那可是六十公里的路；手都受过伤，阿军是与同学一起玩单杠，向后闪看谁远弄骨折的，阿平则是当值日生的时候管高年级的同学买饭插队受的伤，阿平的学习成绩很好，尤其是语文，阿军则是数学较好。毕业考试，他们都上了中专分数线，不过都没去念，又上了同一所高中，又是同班，一起学习，一起写诗，一起游泳，学业繁忙，他们乐在其中。高中毕业，他们又都考上了名牌大学。

　　大学毕业了，阿军工作不顺，于是在阿平的介绍下到了阿平的单位，在一所大专学校当老师。一次，阿平看中一盆兰花，需要两千块钱，阿军二话没说，信用卡一透支，就给

了阿平。一天，阿军到阿平的宿舍，在书架上发现了一本书，《欧·亨利短篇小说选》，人民文学出版社的，阿军翻了翻，觉得不错，于是就向阿平借了这本书。回去看了之后，觉得写得实在太好了，阿军很喜欢，于是决定不还了。那时候，借书不还是常有的事，阿军自己就有好几本书被朋友借去没还呢，阿军收藏了很多书。阿平也没要这本书，这样几年过去了，那本书后来又被阿军的朋友借走了，阿军花了一百多元从市新华书店买了一套《欧·亨利小说全集》，四本的，也是人民文学出版社的，阿军对它是爱不释手，很爱惜，有时书莫名其妙地有了折痕，阿军都很心疼。

几年过去了，阿军遇到了一个坎，他以为自己得了不治之症，于是写好了遗书，审视过去，他发现这件事做得不对，就是借书没还，于是他把那套《欧·亨利小说全集》给了阿平。后来发现是虚惊一场，于是想再买一套《欧·亨利小说全集》，找了很多地方，都找不到这套书了，而在网上的一些旧书网，则是卖到了两千元一套，阿军只好作罢。

学习竞争

五块钱

　　阿军在候车大厅等火车。阿军踌躇满志，神采奕奕，原来这天阿军要去省城念大学。阿军考上了省内一所不错的大学，考取到了心目中理想的专业，进了化工系。化工系是阿军的第一志愿，高中时阿军参观过当地的一家国营化工厂，对化工厂的生产有很深的印象，于是阿军想以后也要到化工厂工作，所以报考了化工系。阿军口袋里有六百多块钱，大部分都是亲戚乡邻给的，村子里面，谁家孩子考上了大学，亲戚乡邻都会送钱、送东西祝贺，阿军家比较贫穷，所以大家也给得多。阿军很小心地保管着这些钱，除去五百块学杂费、住宿费以外，还剩一百多块钱，那是阿军两个月的生活费。

　　离火车开动还有一段时间，阿军买了本《故事会》看着，"先生，行行好，给点儿钱吧，我已经饿了好几天了。"原来是一个中年乞丐，向他要钱。阿军掏出了五块钱，给了那乞丐，赶上阿军心情好，就多给了一点。那乞丐不住地说"谢谢"，开始检票了，阿军离开了座位。

　　阿军上了火车，到了省城，进了学校，一切都那么美好，阿军开始了四年的大学生涯。在大学里，同学们都很优秀，阿军很用功，学习成绩在班上还算靠前。阿军平时爱好不多，就是喜欢看看小说，写写诗，参加了学校的一个诗社。阿军还选修了计算机专业的一些课程，阿军认为计算机的应用会越来越广泛，计算机会越来越普及，掌握这门技术在现代社会是必需的。日子过得很快，一转眼就要毕业了，学校召开了几次招聘会，阿军找到了自己心仪的工作，到省城的一家国营化工厂当技术员。

在化工厂，阿军工作认真，待人真诚，同事们都愿意跟他交往，领导也很器重他，阿军感到很快乐。可惜好景不长，由于经营不善，化工厂接连亏损，没过几年，倒闭了，阿军下岗了。

阿军回来了，火车到市火车站已经是晚上九点了，回家的中巴车已经停运，于是阿军在火车站前的广场过了一夜。第二天一早，在一阵凄凉感中，阿军犹豫了，就这样回去，有一种无颜再见江东父老的感觉，阿军正在犹豫，突然看到广场的灯柱上贴着一张小广告，是一家废品收购公司招聘计算机人才。阿军决定去应聘，他到那家公司去了，跟主管见面，聊了几句，主管很满意，就录用他了。

没过几天，阿军去上班了，阿军是这家公司的第一个大学毕业生，同事和老板都很看重他。他渐渐与同事们熟悉了，同事们告诉他，这家公司的老板是乞丐出身，后来做了捡废品的行当，据说有一次捡到了宝，反正废品回收生意越做越大，没过几年，就开了这家废品收购公司，公司每年的营业额都上千万元，阿军听了，既吃惊又佩服。

学习竞争

　　那个老板很喜欢阿军，每次出去都带着他，有一次在一个宴会上，那个老板对大家说："英雄不问出处，我的经历大家都知道的，但有一件事大家却不知道，那时候，我经常是有上顿没下顿，有一次，我饿了好几天了，还是要不到钱，我感到很绝望，后来在火车站看到一个年轻的小伙子，我想碰碰运气，没想到他给了我五块钱，我觉得世上还有好人，我不能轻言放弃，于是我想自力更生，后来就捡起了废品，之后的事就是大家所知道的。"

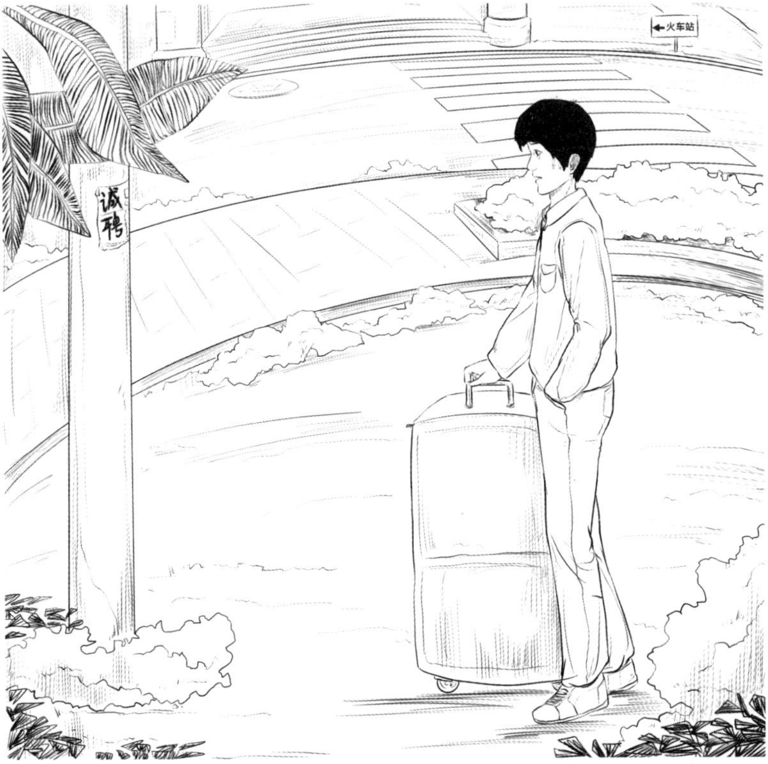
火车站
诚聘

学习竞争

一尊小金佛

　　这天是星期天，秋高气爽，阿军想去游览西湖。到省城来念大学已经有两个月了，阿军还没怎么欣赏杭州的美景，主要原因是学习紧张，上大学以来，发现同学们都很优秀，阿军又是班长，不用功怎么行呢，并且阿军志向远大，将来想当个数学家，考上了心仪的数学系，正脚踏实地朝着目标努力，所以阿军学习很用功。期中考试已经结束了，成绩也出来了，阿军是班上第六名，还算靠前，但阿军并不满意，他的目标是班级第一。总算有了一点闲暇的时间，所以阿军想看看杭州的美景，第一个就想到了西湖。

　　西湖离学校并不远，阿军决定步行到西湖，阿军出发了，到西湖首先要经过植物园，阿军走在幽静的植物园的小径上，一棵棵桂树开着金黄色的桂花，散发着醉人的香气，阿军感到心情舒畅。过了植物园，行人逐渐多了起来，路旁的草坪上三三两两坐着不少游客，走了一段路，到了曲院风荷，看着那层层叠叠的荷叶，阿军想起了"接天莲叶无穷碧，映日荷花别样红"的诗句，可是现在已经看不到荷花了，阿军略感遗憾。到了岳王庙，阿军想到了岳飞精忠报国，名传千古。走到了苏堤附近，时间不够，阿军没上苏堤，"间株杨柳间株桃"

一尊小金佛

的景色只好他日再欣赏了，又走了一会儿，前面有一个亭子，旁边是苏小小的墓，阿军在亭子里休息了一会儿，上了白堤，白堤把西湖向内围成了一个小湖，湖中也种植着荷花。到了孤山，这就是金庸笔下的孤山，阿军没进去，心想不知有没有梅庄。过了孤山，只见白堤上游人如织，湖中有人划着小船，有船主请阿军坐船，太贵了，要十块钱一个小时，阿军坐不起。到了断桥，阿军心想，可惜现在不是冬天，欣赏不到断桥残雪的美景。阿军在断桥上停留了一会儿，想着许仙和白娘子的美丽传说，向远处望去，对面一座座大厦拔地而起，散发着现代都市的气息。过了断桥，到了六公园，阿军走累了，就坐在长椅上休息，在不远处的长椅上，坐着一个老大爷，正在看报纸。

　　阿军就这样坐着，看西湖的水在微风中荡漾，也不知过了多久，突然有两个中年男子走过来，其中一个男子对他说："小伙子，帮个忙吧，我们是建筑工人，在给一户人家盖房子打地基的时候，从地里挖出了一尊小佛像，偷偷地找人检验过，是金子铸成的，这是一尊小金佛，你看。"说着，另一个男子从包里拿出一尊小佛像，阿军一看，黄澄澄的，比拳头大一点。那个人接着说道："最近我们家有点急事，等钱用，所以请你帮个忙，你随便给点钱，这个小金佛就归你了。"说着，另一个人把小佛像递给了阿军，阿军拿在手上，觉得沉甸甸的，大概有一公斤重，阿军想，要是金子的话，那该值多少钱。阿军把小佛像还给了他，说道："我身上只有十

学习竞争

几块钱。"那个人又说："你再仔细找找,你身上有什么值钱的东西没有。"阿军把钱拿了出来,说："我只有这么多钱,还有就是手上戴着的这块手表。"那两个骗子,可能觉得阿军的钱还不够这个小铜佛的成本,抑或是觉得骗这么单纯的小伙子于心不忍,于是走了。阿军没注意到,他们上了一辆高级轿车,消失在车水马龙的街上。

  阿军坐在那儿,还在想着,要是金子的话,该值多少钱,阿军计算着,一公斤一千克,一克金子多少钱,阿军不知道,就算五十块吧,那值……这时,阿正和阿义过来了,阿正和阿义是阿军的同学,阿军就把刚才发生的事告诉了他们,末了还说,要是金子的话,不知道值多少钱,阿正和阿义笑了,说这两个是骗子,阿军也觉得这两个人是骗子,只是脑子还在计算着。

  阿军他们三个人一起走了,不远处的那个老大爷,一声叹息,说："这小伙子这么单纯,将来怎么在复杂的社会中立足啊!"

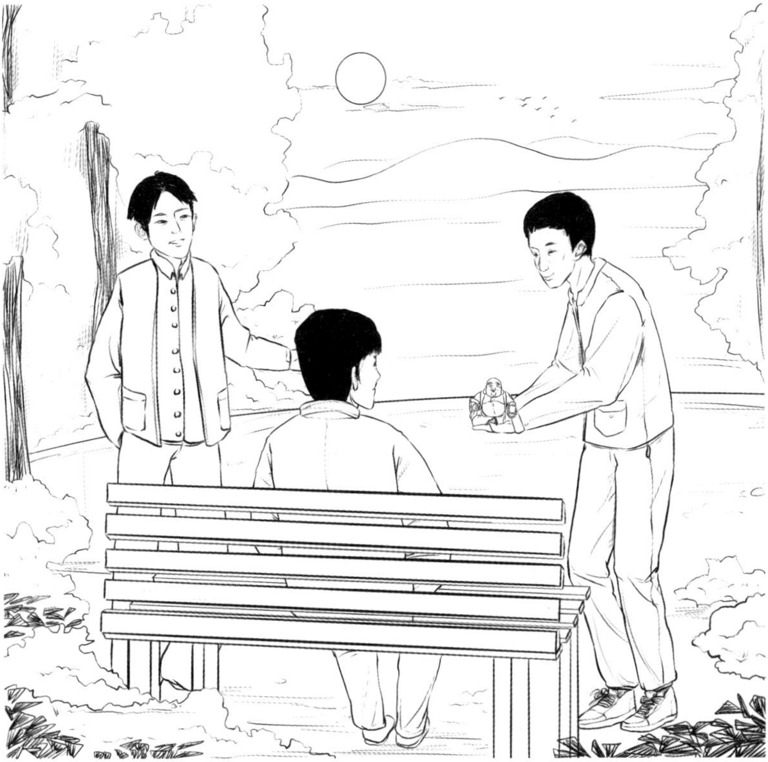

学习竞争

钢笔

　　李家村是浙东的一个小村，三面环山，一面临海，其实三面的山最近也有两公里，到海边也还有一公里的路程，剩余的平原地带，有许多稻田，供李家村及其邻村的村民耕种。李家村大部分人都姓李，没几户外姓人家。

　　李军是个木匠，刚结婚没多久，这天他发现钢笔不见了，这个钢笔值三块多钱，多亏它写了一封封情书，让他追到邻村的一个姑娘并结了婚，所以李军很珍爱这支钢笔。钢笔一直被放在他自己做的写字台上，怎么会丢呢？他想道，只有张平来过，会不会是他拿了。张平算是他的一个朋友，他们经常在一起打"红五"，这天他来是约李军下午一起打"红五"。这时王强来了，王强和张平关系不太好，有一次搓麻将的时候，张平作弊，被他发现了，那次王强输了不少钱，所以王强有点憎恨张平。李军把丢钢笔的事告诉了王强，王强说，是张平拿的，他刚才碰见张平的时候，看到他手上拿了支钢笔。李军有点儿半信半疑。王强走了，他到村子各个小店门口，在大会堂前，在人多的地方，说张平拿了李军的钢笔，是个小偷。于是所有人都知道了。

　　过了几天，张平也知道了，原来他每次出门，都有人指指点点，他感到奇怪，后来，一群小孩喊他小偷，他才弄明

白了事情的原委。他感到很冤，他没拿过那支钢笔。他向别人解释，他没有偷钢笔，可是别人都不相信他。于是他到各个小店门口，到大会堂前，对别人说，他没有偷钢笔，路上但凡遇到行人，不管是认识的还是不认识的，他都会解释一番。从那以后，张平每天的主要工作就是向别人解释，但人们都不相信他。

后来，李军找到了那支钢笔，在沙发底下。张平喜出望外，逢人便说："我说过我没有偷钢笔。"但人们不以为然，有人说："你不会把钢笔又放回去了吧。"张平感到百口莫辩，心里叫苦。原来张平在村里的名声不大好，喜欢投机取巧，为人狡猾，这样的事张平是做得出来的。张平对别人说："我真的没有偷钢笔。"但别人都不相信他，有人还对他投以不怀好意的笑。张平于是每天不厌其烦地一遍又一遍地对小店门口的人们说，对大会堂前的人们说，对路过的行人说，他真的没有偷钢笔，但人们还是不相信他，后来大家看到张平来了，就躲开了。

张平感到很绝望，他不得不离开了村子，到外地去了。

李家村的人们还是照样过日子，李军还是经常跟朋友们打"红五"。

日子过得很快，一晃十年过去了。张平回来了，他要到村里投资办厂，消息传开了，引起一阵轰动。原来这几年张平先在市场内卖水产，后来做水产批发，生意越做越大，赚了不少钱，他还是忘不了他的家乡，所以回来了。

他在村里办了一家钢笔厂。

学习竞争

副县长

民国时期，在浙东沿海有一个奉县，一条小河在境内向南缓缓注入大海，在河的东边是河东乡，在河的西边是河西乡，河东乡的乡长是李军，河西乡的乡长是张平，李军是河东乡人，张平是河西乡人，他们是中学同学，关系很不错，经常走动。他们年轻有为，各自把乡里治理得井井有条，在村民们中有很高的威望。县里也很看重他们，这次有个副县长的空缺就要从他们两人之中提拔一个。

一天，张平正在家坐着，突然一个亲戚来拜访，求他帮个忙。原来河西乡的海塘被台风吹塌陷了好几处，要修整，那个亲戚想承接这个工程，所以请张平帮忙，还拿出了一百个银圆给张平，张平不大好推辞，原来张平小时候家境不是很好，是在这个亲戚的帮忙下才念完中学的，人情还是要还的，张平只好答应了他，但一百个银圆他不要，那个亲戚死活要他收下，张平拗不过，只好收下。

又一天，李军来拜访，他参观了张平的书房，他发现了一本《共产党宣言》，随手翻了翻，一下子便被吸引了，便向张平借了去。回到家里，李军如饥似渴地阅读着这本书，新思想在脑子里发芽，他发现了一个全新的天地，原来世界可以这样，平时李军就颇有正义感，同情进步青年，这时更坚定了信念。

县考察团来了，他们对李军和张平都感到满意，但只能选一个，他们为难了。这时有人来反映说，张乡长收受贿赂，用人唯亲，把修海塘的工程包给了亲戚，于是县考察团决定推荐李军。

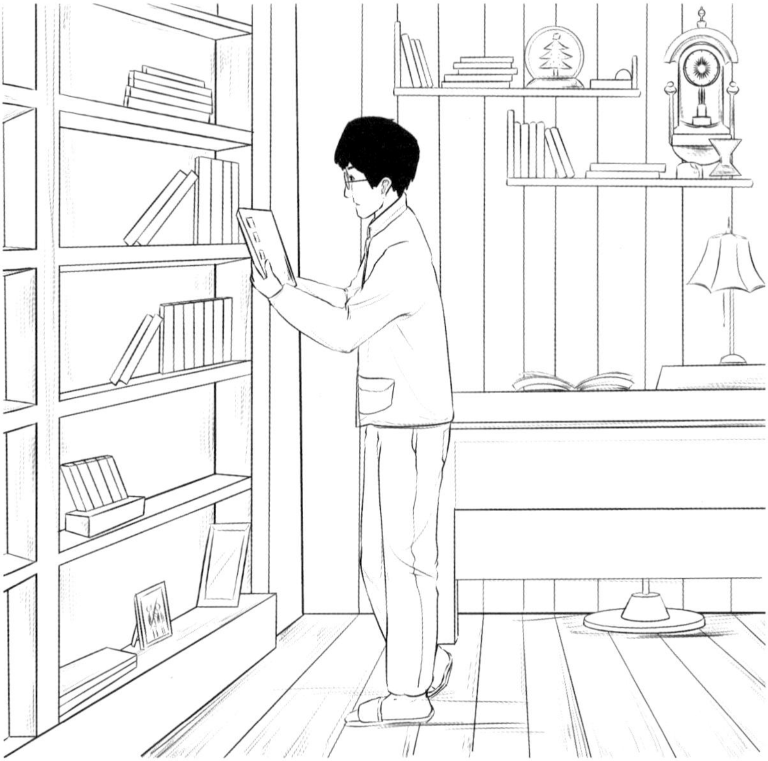

笔记本

小李是某大学计算机系老师，妻子是小学老师，有个三岁的女儿，已经上幼儿园了。小李做梦都想买台笔记本电脑，家里的台式机买来已经有三年了，而软件的发展日新月异，这台电脑已经有点跟不上软件的要求，速度越来越慢，存储容量也显得越来越小。有台笔记本多好啊，不仅能满足日常办公需要，更重要的是携带方便，可以带到办公室备课，出差也可以带着它，小李这样想。小李的办公室只有一台电脑，大家共用，很不方便。

小李跑遍了电脑市场，发现笔记本电脑大都上万元，就是最便宜的笔记本电脑，也要八千多块，小李有点失落，小李手头上只有三千块，还差五千块。小李回来跟妻子商量，向别人借吗？小李结婚的钱刚还清，小李不想再借。只好省吃俭用，积攒这笔钱。小李和妻子的工资不高，平时除去家用和必要的开支外，每个月也就剩几百块钱，现在决定省出一千块，那五个月后就可以买笔记本了。小李不买书了，电影光盘也不买了，小李的妻子也不去健身房了，朋友请客他们也都推辞了，以免回请。妻子的生日蛋糕省了，小李还找了份家教工作，教高中数学，晚上要骑很远的路，他也不怕

学习竞争

辛苦。他还跑了两趟电脑市场，看看笔记本降价了没有。这样好不容易过了五个月，他们攒够了五千块钱。

小李去了电脑市场，找到了那台最便宜的笔记本电脑，决定买下它，正要付钱的时候，手机响了，是单位同事打来的，说他的科研项目省里已批下来了，经费是五万元。

小李买了一台最新配置的笔记本电脑，价值两万元。

写论文

李军是大学物理老师，三十多岁，脑子聪明，业务突出，系主任很器重他。这次，他被提拔为教研室主任，原来在上个月的职称评定中，他被评为副教授，原来的教研室主任王强评上了教授，被提为系副主任。教研室的同事都来祝贺李军，唯有张平不服气。张平四十多岁，在教研室中数他资格最老，可他还是讲师。张平和原来的教研室主任王强关系很好，王强当上了系副主任，向系主任推荐了他，没想到最后任命的是李军。

新官上任，首先要搞好同事关系，李军请教研室同事到饭店吃饭。在饭桌上，说了些感谢大家，希望大家支持他的工作之类的话之后，大家开吃了。张平向李军敬酒，李军一干而尽，李军今天高兴，事业得意，其余的同事也向李军敬酒，李军照干不误。李军的酒量并不是很好，李军有点儿醉了，大家都看出来了。这时，张平对李军说："主任的业务水平大家有目共睹，发表了不少重量级的论文，不知写论文有什么诀窍，主任能否指教一下。"李军有点儿得意忘形了，说："写论文嘛，确定一个主题，弄个十几篇文章，找相关的部分东抄一段，西抄一段，个别实验数据可以修正一下，就有一篇

学习竞争

好论文了。"张平说多谢指教。饭吃完了,大家把李军送回了家。

第二天,张平向省教育厅反映,说李军的论文抄袭,请省教育厅重新考虑他的副教授资格。省教育厅对此很重视,学术造假是个很严重的问题,他们请来专家,对李军的论文进行了严格的审查,没有发现抄袭,也许是抄得太高明了。他们决定对李军学校的其他评职称的老师的论文也进行检查,最后他们发现王强的论文有抄袭,于是他们取消了王强的教授资格。

王强又回到了教研室,又和张平在一起,李军则被提为系副主任。

一次意外

阿军和阿平是数学系一年级的同班同学，阿军来自上海，阿平则是本地人。阿军擅长各种体育运动，篮球、排球、足球、羽毛球、乒乓球样样都行，学习成绩在班上排名前五。阿平是班长，学习成绩班级第一。他们都喜欢上了阿琴，阿琴是他们班的一个女同学，也是本地人，容貌秀气，身材也好，是数学系的系花。阿军约她溜冰，她去；阿平约她唱歌，她去。她也知道他们的心意，只是不知道如何选择。

一次，阿军和阿平刚献完血，第二天班级举行了一次活动，去南高峰玩，他们进了一个山洞，山洞还在修整，都是支架，非常危险，阿军扶着阿琴小心翼翼地走着，出来之后，同学们手上、脸上、衣服上全是泥巴，大家你看看我，我看看你，都乐了，去小溪清洗了一番，回来了，在路上，阿平与阿琴谈起了诗歌。

学校又要举行篮球比赛了，这正是阿军大显身手的时候，阿琴肯定去加油助威，阿平心中有点儿酸溜溜的。比赛前一天，一个老师搬宿舍，几个同学去帮忙，用三轮车搬运，阿平上了三轮车，他以为像骑自行车那样骑，没想到全不是那回事，三轮车偏离了方向，压着了阿军的脚，阿平连忙下车止住车

学习竞争

子。阿军受伤了，脚面骨折，要住院。篮球比赛是打不成了，阿军也没办法，这是一次意外。

  阿军住在医院里，脚上打着石膏，不能动，同学们都来看过他，只是待了一会儿就走了，阿军感到很无聊。阿琴想着阿军平日的情意，觉得应该多陪陪他。于是阿琴今天拿一束花，明天带一篮水果，每天都来看他，每次都很晚走。他们谈了很多话题，开始谈理想、谈人生，阿琴觉得与阿军的心近了。

  两个月后，阿军出院了，阿琴成了他的女朋友。

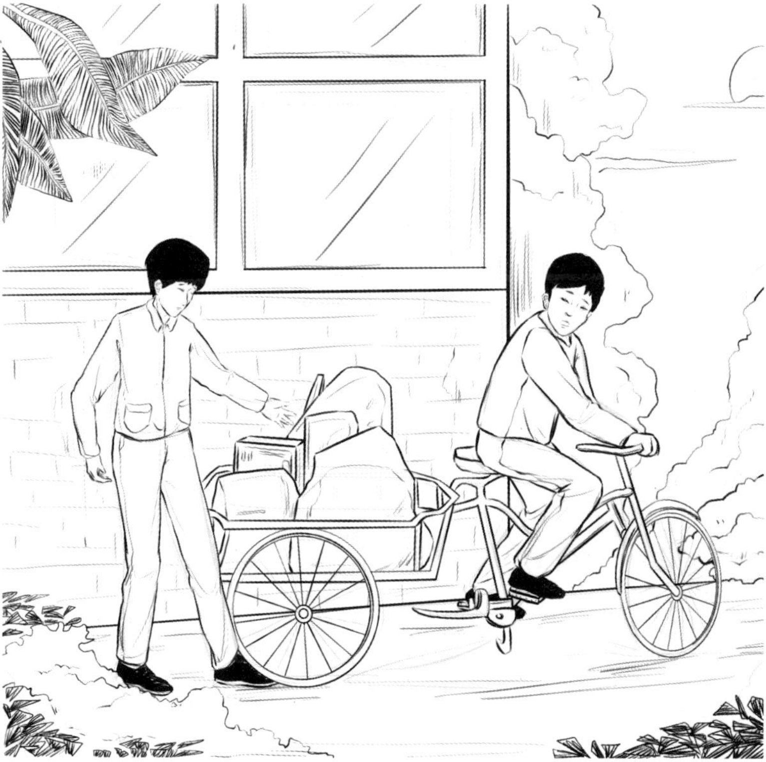

学习竞争

控方证人

阿军是村里第一个长头发，那时他留着长头发，穿着喇叭裤，和一群同样年纪的人在一起，四处横行，严打的时候被抓了去，关了几年后又被放了出来，之后收敛了许多，但村里人还是不敢惹他。阿军没有找事做，平时就打打牌，下下棋，看看录像，有一个死党阿强整天跟着他。阿平是村里的泥水匠，闲暇的时候也喜欢下下棋。

一天，阿平和阿军吵到了村主任家里。阿平对村主任说，阿军打了他，他说："我们在下棋，赌注是一包香烟一盘，没想到下到第三盘，他眼看就要输了，就想悔棋，我没同意，吵着吵着，他就动手打我，把我打伤了。"说完，给村主任看他身上的伤，他要阿军赔五十元钱。阿军则说，没有打他，他的伤是从墙上掉下来摔伤的。阿平说，阿军打他的时候，阿强和阿德叔看到了。阿德是个六十多岁的老头，平素胆小怕事，这时正好出去了。于是，村主任叫人找来阿强问情况。阿强说，阿军的确打了阿平。阿军死不承认，还叫嚷着说："你为什么要陷害我，我平时是怎样对你的，你为什么这样对我？"这时天色已晚，村主任决定第二天再调解，让他们三个都走了。

当天晚上，有人来到村主任家里，对村主任说："阿强

和阿军是面和心不和，阿强早对阿军不满了，阿强曾私下抱怨说，阿军叫他干这干那的，把他当作跟班一样，更让阿强不满的是阿军拿走了阿强的打火机，阿强有个打火机，价值不菲，是阿强的心爱之物，有一次阿军看到了，就把它要走了，所以这次阿强想报复，陷害阿军，想让他'出点儿血'。"村主任听了，有点相信了，因为白天他的确看到阿军手上有个打火机，非常精致，他开始相信阿军没打人了。

第二天是周末，村主任的儿子回来了。村主任的儿子在市里念大学，学习之余喜欢看电影，周末有时回家。村主任就把这件事情告诉了他，村主任的儿子一听，笑了，说阿军的确打了人，村主任正想问为什么这么说，阿平他们三个人过来了。一个仍然说阿军打人了，一个仍然坚持说没打，村主任的儿子对阿强说："你看过《控方证人》那部电影吗？"阿强心中一惊，说："阿军的确打了阿平。"阿军赔给了阿平五十元钱。

原来《控方证人》这部电影讲述的是，一个被告证人无法胜诉的情况下，改做控方证人被认为是诬陷被告，从而使被告胜诉的故事。

学习竞争

赌博

阿军是计算机专业本科毕业生，他来到省城所辖县的一家知名民营集团公司工作，他被分到了集团下面的一个子公司，但是公司还没有计算机，所以暂时在车间实习。

他跟了一个三十多岁的工人师傅，每天的工作就是帮忙搬搬东西、放放料，他觉得很无聊。于是他开始找工人们聊天，车间里大都是女工，他发现对面车床的一个女工长得娇小秀气，十八九岁的样子，于是他过去跟她聊天。他问她姓名、年纪，工作得辛苦不辛苦，家住哪里，那个女工一看是新来的大学生跟她搭话，有点儿害羞，说她叫阿莲，十九岁，初中毕业，住在附近的村子里。阿军也把自己的情况告诉了她，他们算是认识了。

之后阿军到阿莲的车床帮忙搬东西、放料，有时帮她照看机器，渐渐地熟悉了，阿军给阿莲讲起了故事。阿军喜欢看书，平时省吃俭用，买了不少书，他给阿莲讲他从书中看来的故事，从俞伯牙摔琴谢知音到麦琪的礼物，从杜十娘怒沉百宝箱到《项链》，从晏平仲二桃杀三士到《最后的常春藤叶》，阿莲听得津津有味。日子就这样一天一天地过去，渐渐地，阿军喜欢上阿莲的清纯可爱，阿莲喜欢上阿军的温

文尔雅，他们相爱了。

阿莲的姐姐着急了，阿莲的姐姐也是同一车间的女工，比阿莲大五岁，她认为他们一个是大学生，一个是初中生，以后肯定合不来，于是劝阿莲，阿莲不听。阿莲的姐姐找到了阿军的师傅，叫他劝劝阿军。阿军的师傅跟阿军讲了一大通道理，无奈阿军也不听，阿军的师傅对阿莲的姐姐说他会想办法。

一天，师傅家种田，阿军赶去帮忙插秧，晚饭过后，阿军的师傅提出打一会儿麻将，阿军不会打麻将，阿军的师傅说教他打，很好学的，阿军不愿扫大家的兴，于是就打了起来，阿军很聪明，一教就会，阿军体验到了打麻将的乐趣，那次他赢了不少钱。于是他开始打起麻将来了。

一次，工友过生日，请阿军和几个工友去吃饭，晚饭过后，大家玩起了"沙蟹"，阿军不会玩，在一旁看着，渐渐地他看明白了，有人请他一起玩，他也就玩上了。这牌考验玩家的智慧和胆色，阿军迷上了"沙蟹"。但他还是很关心阿莲，一次玩牌的时候听说阿莲感冒发烧，他连忙跑过去看她。

阿莲的姐姐告诉阿莲，阿军有不良嗜好，喜欢赌博，阿莲不信；阿军的师傅告诉她，阿莲不信，后来又有工友告诉她，她有点儿半信半疑了。一天晚上，阿莲的姐姐带着阿莲走进了一户人家，阿莲看到一大帮人围坐着，阿军坐在牌桌前，面前有一大堆钱，他灵活地切牌、抓牌，时而紧张，时而兴奋，聚精会神，一副泰山崩于前而不变色的神情，阿莲很伤心。

学习竞争

　　阿莲和阿军分手了。

　　阿军戒了赌博，但为时已晚，一年后，阿军离开了公司，远走他乡。

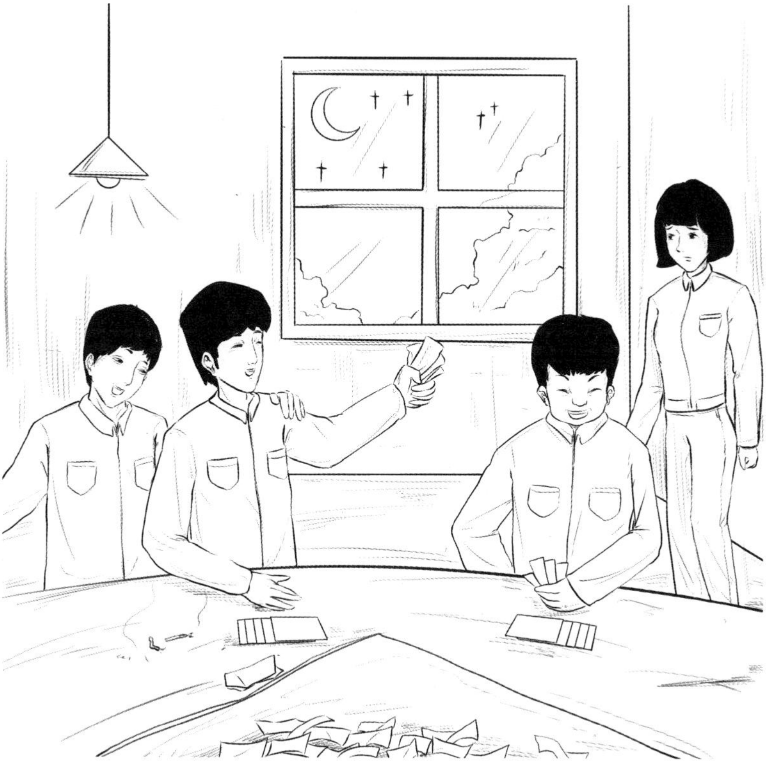

学习竞争

音乐

阿莉很伤心,已经哭了好几回了。原来这天高考放榜了,她没考上大学,所以很难过。阿莉平时成绩不错,班上前十名,不知为什么高考没发挥好,以致未能考上大学。她难过,还有一个原因,就是她和班上的一个男同学关系很好,而他考上了名牌大学,阿莉担心他们以后不能在一起。

阿莉回到家,还是哭,阿莉的父母知道了情况之后,安慰她,阿莉只感到前途一片灰暗,父母的话都听不进去,回到自己的卧室,趴在床上,一个劲地哭。晚饭也没吃,哭着哭着就睡着了。第二天起来,还是伤心,茶饭不思,一个人呆呆坐着,这样的情况持续了一个星期。

有一天晚上,阿莉还像往常一样呆呆坐着,楼上传来了音乐声,这是小提琴的声音,动听悦耳。阿莉问她妈怎么回事,她妈告诉她,房主一家搬到县城去了,这个房子租给了一个搞音乐的,这么晚还拉小提琴,真扰民,我去告诉他。阿莉连忙阻止,说音乐很好听。

第二天晚上,还是那个时间,小提琴的声音又响起,时而低回婉转,时而高亢嘹亮,似乎把阿莉的心灵引入了一个新的世界,阿莉的心情有点儿好转。以后每到晚上七点,小

提琴的声音就会响起，一会儿是饱含深情的旋律，一会儿充满着一种高雅圣洁的氛围，一会儿洋溢着荡气回肠的伤感色彩，一会儿曲调又变得活泼而轻快，阿莉悲伤的心情平复了，心灵宁静祥和，充满着一种力量。就这样三个月过去了，阿莉决定再复读一年。

阿莉想感谢那个音乐家，于是上楼，说明来意，那人说，音乐家一个月前就搬走了，他留下了一个录音机和一盒磁带，叫我每天晚上七点播放。

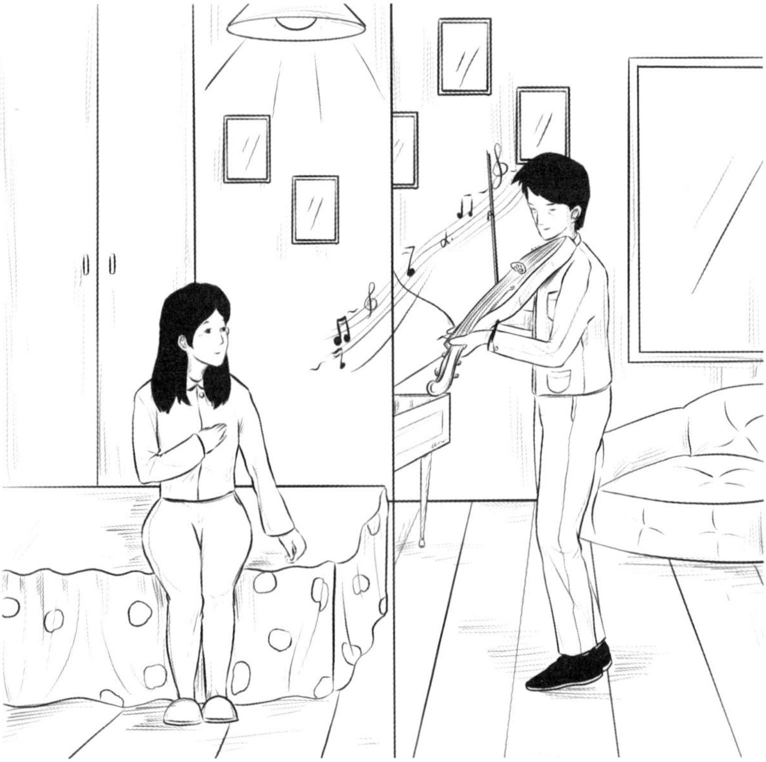

老好人

老赵五十多岁,是市民政局的一个科员,大家都认为他是一个老好人。他性格随和,为人厚道,不计较个人得失。每次单位给灾区、给困难人士捐款,他都是最积极的。有一年,科里来了一个年轻的大学生,工资比他还高,其他科员都替老赵抱不平,老赵一句怨言也没有。

一次,老赵去电器店买收音机,老赵与老板认识,老赵选了一个收音机,问多少钱,老板说两百多,老赵知道这款收音机的价格是一百五十元,但还是给了老板两百元,老板也没说什么,就收下了,老赵拿到家仔细一看,原来这款收音机是升级版,价格是两百五十元,于是老赵又给老板送去了五十元。

楼下的小夫妻吵架,老赵总是帮忙劝解。楼上的张大妈腿脚不便,老赵总是帮忙提东西。

阿军是一个从农村来城里打工的小伙子,长得健壮结实,在一家私营工厂干了不到三个月,就因打架被辞退了,后来当过搬运工,做过推销员,干过清洁工,他感到又苦又累,最让他生气的是赚不到多少钱,有时一日三餐都成问题。他终于想出了一个省时又省力的赚钱之道——抢劫。于是他干

学习竞争

起了抢劫的勾当,晚上,在幽暗的角落里,专劫过往的单身女子和老人。

一天晚上,阿军看到了老赵,老赵走进了一个小巷,阿军决定对他下手。于是他挡住了老赵的去路,攥紧了拳头,刚要说把钱拿出来,这时老赵说话了,他对阿军说:"阿强,你不认识我啦,我是你的表叔啊!你爸爸妈妈好吗,我很早就想去看看他们了。"阿军愣了,只听老赵继续说道:"这次看到你真是太高兴了,你帮我买点东西,带给你爸妈。"说着老赵掏出了皮夹,从里面拿出了五百元递给阿军,阿军机械地接了过去。老赵又说:"阿强,你做什么工作?"看到阿军没说话,老赵继续说:"你年轻力壮,有的是好工作,要不要我帮忙啊,给你介绍一个。"说着,掏出一张名片给了阿军,说完就走了,还留下了一句话,"珍惜前途啊!"

阿军愣在那儿,半晌才回过味来,他还没有碰到过这样的事。

第二天,阿军去公安局自首了。

资助

阿莉的家住在一个小山村里,村里只有几十户人家,没有学校,阿莉每天早上要走五里的山路去乡中心小学上学,傍晚再回来,阿莉的家里很贫穷,父母都是农民,靠两亩梯田为生。阿莉学习很用功,学习成绩很好,每次语文数学的考试成绩都在九十五分以上,深受老师们的喜爱。读到了三年级,家里实在负担不起学习的费用,就辍学了,老师们都感到很惋惜,班主任说他想想办法,于是多方奔走。

阿莉的事终于让一位好心人知道了,她负担了阿莉的学杂费,每个月还资助阿莉两块钱的生活费,阿莉复学了。阿莉很感激,她穿上了新鞋子,学习更用功了,成绩在班上一直是名列前茅。她向班主任问好心人的姓名,班主任说这位资助人不愿意透露姓名,阿莉只知道这位好心人是位女士。小学毕业了,阿莉考上了县重点初中,阿莉的资助也被升至每个月五块钱。阿莉过着和其他同学一样的生活,尽管还是很清贫,但衣食无忧,到生日的时候还有一个小蛋糕。阿莉学习更刻苦了,她觉得只有这样才能回报这个好心人,她开始给这个好心人写信,汇报自己的学习、生活情况,感谢她的恩德。初中毕业了,阿莉考上了县重点高中,阿莉的资助

学习竞争

变成到每个月二十块钱，高中学业繁忙，但她乐在其中，数理化生门门都很优秀，她还是坚持每个星期给这个好心人写信，转眼高中毕业了，她考上了全国重点大学。

上了大学，资助提高到每个月五十块钱，但阿莉没要，她觉得她成人了，应该自立了，于是她在学习之余做家教，抄文书，自己负担了学习费用。她多方打听好心人的姓名，但没人告诉她。大学毕业后，阿莉进了省城的机关事业单位，有着优厚的收入，饮水思源，她很感谢那位好心人，虽然她不知道她是谁。

几年之后，阿莉结婚了，过了不久，当了妈妈，生活稳定了，她资助了一个孤儿院的孩子的学习、生活费用，同样没有留下姓名。

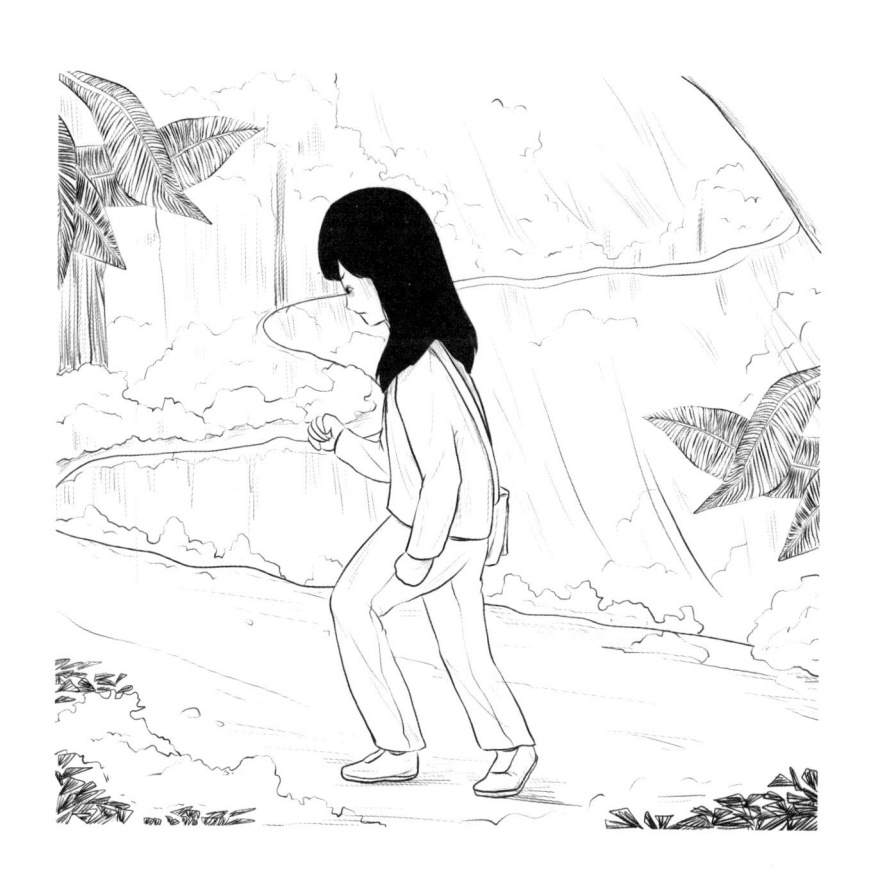

学习竞争

救人

　　小李和小张是同事，关系不错，经常在一起打牌、钓鱼。
　　这天，他们又一起在湖边钓鱼，收获不错，钓了好几条鱼，该回去了，这时远处传来"扑通"一声，有人掉水里了，他们连忙跑过去，小李跳下水，把人救起了，是个姑娘，这时小李的手机响了，有人找他，小李看那个姑娘没什么大碍，就先走了。那姑娘神志清醒了过来，看到小张在旁边，哭道："你为什么要救我。"小张说："不是我救的你，救你的人已经走了，姑娘，你为什么要轻生？"那姑娘只是哭，后来小张终于弄明白了事情的原委，原来那姑娘叫小娟，是一家工厂的女工，男朋友跟她分了手，一时想不开，就想轻生。小张安慰了她几句，把她送回了家。
　　阿娟回到家，在家人和朋友的劝慰下，渐渐想通了，世上还是有许多美好的东西，于是她感激起小张来了。她写了一封感谢信送到小张的单位，于是大家都知道小张救了人。小张说："不是我救的，是小李救的。"大家都不相信，认为小张是把好事让给别人，愈发钦佩他的美德。单位嘉奖他，并把他的事迹上报给市里，他当选了"市十佳青年"，大家

都来祝贺他，小李也在。

　　阿娟成了他的女朋友，他们结婚了，不久有了个可爱的儿子，在单位，他被升为部门的主管，别人都羡慕他，但他真的快乐吗？

　　小李和小张还是经常在一起打牌、钓鱼。

　　日子过得很快，转眼小张的儿子上小学一年级了，上学第一天回来，小张问儿子老师教了什么，小张的儿子说："老师教了我们两个字——诚实，我写给你看。"说着，他歪歪扭扭地写了两个字，还说老师教他们做人要诚实。

　　第二天，小张对大家说："那次救人真的是小李救的，我不会游泳。"大家哗然，只有小李知道小张会游泳，他们钓鱼的时候曾一起游过泳。

　　自那以后，小张就再也没游过泳。

顶罪

　　阿峰和阿文是朋友，也许有人会觉得奇怪，一个是村里蛮不讲理的人，一个是老实本分的小伙子，他们怎么会成为朋友呢。原来阿文在念初中的时候，一次在水库游泳，突然小腿抽筋，身子就往下沉，是阿峰把他拉上来的，阿文感谢阿峰的救命之恩，就和阿峰做起了朋友。

　　一天，阿峰到阿文家里，面色阴郁，阿文问发生了什么事，阿峰告诉阿文，他从外地偷了一辆自行车，现在被人追查到村里来了，眼看就要查到他了，当时正值严打时期，阿峰的名声又不大好，查到肯定被重判。阿文看到他着急的样子，突然下定了决心，对阿峰说："要不我替你顶罪吧。"阿峰想到阿文平时老实本分，由他顶罪，可能不会被重判，于是对阿文说："兄弟，谢谢你，我会照顾你家里人的。"于是，阿文由于盗窃罪，被判了三年。

　　阿峰没有食言，照顾着阿文的家里人。三年过去了，阿文出狱了，回到家中，恍如隔世。从此阿文背着盗窃犯的名声，找工作没人要，谈对象没人理，前途一片黯淡。转眼到了21世纪，人们的思想观念没那么古板了，才找了一个年龄相当的结过婚的女人为妻，不久有了一个可爱的儿子，这时阿峰

学习竞争

已是工厂老板了，阿文就在阿峰的工厂上班。

阿峰很照顾阿文，阿文的活比别人轻松，工资比别人高。就这样过了几年，有一天，阿峰来到阿文的家里，面色阴郁，阿文问发生了什么事，阿峰说，最近工厂生产了一批假货，被查到了，当事人有可能会坐牢。阿文看到他着急的样子，想起了多年前的一幕，那次他帮阿峰顶了罪，这次又发生了同样的事。他会不会再次帮阿峰顶罪呢，一边是救命恩人和牢狱之灾，一边是妻儿老小和平静的生活，他会如何选择呢？

不平凡的人

李华是市教育局的一个职员,妻子是市里一所中学的老师,他们有一个可爱的女儿,已经上小学了,他们过着平静而幸福的生活。

这天,李华在大道上行走,走到人行横道旁,正等着过马路,对面有一个年轻女子领着一个五六岁的小男孩,突然那女子的手机响了,她赶紧从包里拿出手机,那小男孩突然跑了出去,这时一辆大卡车正驶过来,似乎没有发现小男孩,并没有放慢速度,那小男孩呆立在那儿,眼看就要被撞上了,李华蹿了过去,推开了小男孩,自己却倒下了,他被送进了医院。

李华的两条腿被压断了,做完手术,坐上了轮椅。李华的妻子和女儿哭成了泪人,小男孩的家属天天到医院来看他,感谢救命恩人,单位领导和同事来看他,叫他安心养伤,不用担心工作。他的事迹上了报纸和电视,市领导来慰问他,每天有许多陌生人来看他。几个月过去了,他出院了。

李华回到了家里,一种新的生活开始了。他感到什么都不方便,简单的事情也做不到。出门晒太阳都成了一种奢望,更不用说跑步、打篮球了。单位给他发了一笔补助,市里每

学习竞争

个月也会给他发一笔补助，妻子给他请了一个护工，他适应着轮椅上的生活。这样的生活过了十年，有的时候，在深夜，他会想如果上天给他一次重来的机会，他还会不会救那个小男孩，还会救的，他不后悔。世上还有许许多多像他一样的人，是平凡的人，也是不平凡的人。

　　李华的女儿已经上大学了，一天，她对李华说，她在网上查到了最新的义肢技术，可以为爸爸装上义肢，跟真肢相差无几，李华很高兴。

　　李华装上了义肢，又可以散步、上班了。

碰瓷

王成五十多岁，从农村来城里打工已经有二十年了，重活已渐渐干不动了，技术活又不会干，脏活又不愿意干，于是终日游游荡荡，过着半饥不饱的日子。

一天，王成在街上走，过马路的时候，一辆车把他给撞了，王成摔了几个跟头，一时爬不起来，司机吓坏了，问他怎么样，王成缓过气来，感觉没什么大碍，只是受了一点儿皮外伤，于是说没事，司机不放心，给了他一千块钱，叫他去看医生，王成说了声"谢谢"。司机开车走了，王成也回到了住的地方。这是一笔不小的数目，王成很高兴，买了点儿好吃的就吃上了，好久没有吃过这么丰盛的菜了，王成想：若是这样多撞几次我也愿意。突然，脑子闪过一个念头，就这么做。

没几日，一千块钱就花完了，王成来到了街上，看中一辆开得不快不慢的车子，等到了人行横道，就冲了出去，王成被撞倒了，摔在地上，哼哼啊啊地直叫，司机一看撞了人，问他要不要紧，要不要送医院，王成说："不耽搁你时间了，你给点儿钱，我自己去医院就行了。"那司机也想省事，于是给了他五百块。王成一瘸一拐地回到了住的地方。

第二次撞车，王成学乖了，顺着车子一倒一滚，身体一

学习竞争

点儿事都没有，五百块就到手了。第三次，第四次……王成做起了碰瓷的"生意"，别人也不知道他是故意撞的。直到有一次，司机发现车还没撞到他，他就倒了，于是报了警，又有行人作证，大家才知道他是碰瓷，他上了交警的黑名单，交警叫司机们提高警惕。以后的"生意"就难做了，虽然也有几次得手的，但大部分司机还是很认真的，有的叫他上医院检查，有的报了警。他只好停手不做了。

他又终日游游荡荡，过着半饥不饱的日子。

有一天，王成在一条偏僻的道路上行走，被一辆车给撞了，倒在地上，司机报了警，交警一看是王成，就对司机说："他是碰瓷的，你可以走了。"

王成断了一条腿，他自己付了医药费。

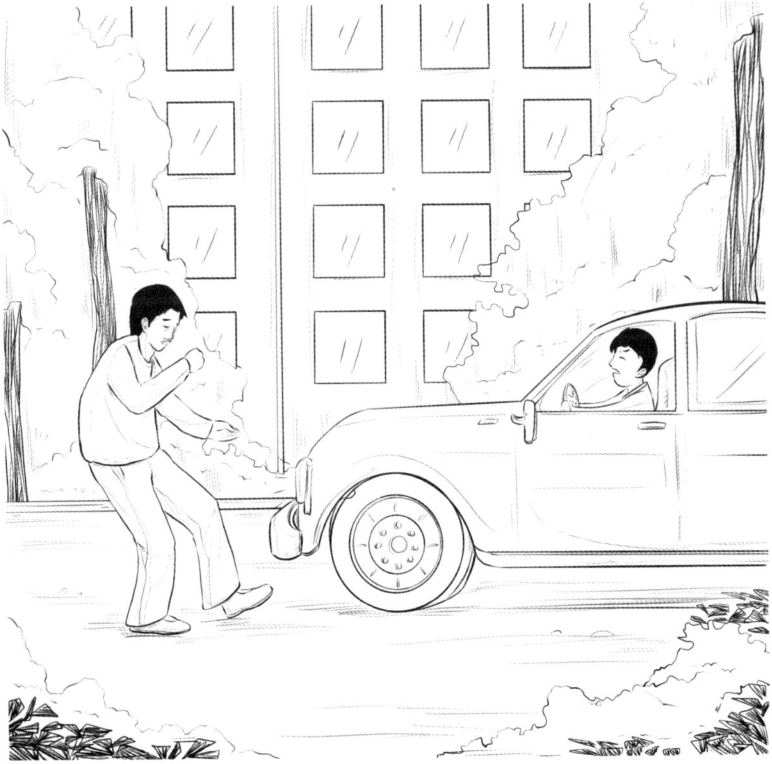

学习竞争

房

20世纪90年代末，市区已经很繁华了，李华看中了一条热闹的街道上的一排店面，提出了收购，大部分业主都同意出售，跟他签了买卖合约，只有一个业主坚决不卖。这个业主叫张文，是市里一家科技公司的职员，妻子也是这家公司的职员，有一个女儿，在上幼儿园，夫妻俩每个人的月工资都在五千元以上，这间店面每个月也有五千元的租金收入，一家人过着丰衣足食的日子，所以根本不想卖这间店面。李华找了张文好多次，开出了很优厚的价格，无奈张文心如磐石，坚决不卖。李华想如果买不了这间店面，那这次收购就失去意义了，得想想办法。

一天，张文在一条幽暗的小巷里行走，遇到了两个持刀的歹徒要抢劫，这时来了一个小伙子，与那两个歹徒进行了激烈的搏斗，总算把他们赶跑了，但那个小伙子的前臂被刺伤了，张文把他送进了医院，缝了好几针。张文了解到这小伙子叫王成，是钢铁厂的员工。张文感谢王成的救命之恩，与他成了莫逆之交。于是他们经常在一起，王成带张文到酒吧喝酒听歌，一次喝到正酣，王成拿出一小包白色的粉末，对张文说："你肯定没试过这个，会让你有飘飘欲仙的感觉，

不会上瘾的。"张文一时好奇，就吸了一口，没想到从此上瘾了。

妻子跟他离婚了，女儿跟了妈妈，单位把他开除了，张文就靠这间店面的租金过日子，无奈毒瘾越来越大，入不敷出，于是他想把这间店面卖了。他找到了李华，李华对他的遭遇表示同情，给了他一个很优厚的价格。

李华给了王成一大笔奖金。张文呢，没过多久，卖店面所得的钱也花光了，他进了强制戒毒所。

学习竞争

青花瓷

　　李华有一间秘密作坊，专门仿制古代瓷器，几乎可以假乱真，因此赚了不少钱。李华的家里摆满了各种瓷器，有仿宋元的，有仿明清的，令人眼花缭乱。这么多瓷器中只有一件是真的，那是一个清代康熙年间的青花瓷花瓶，是多年前李华花了二十万元从拍卖会上拍得的，现在的价值据说已达到一百多万元，是李华的心爱之物。

　　李华决定仿制一件，可以拿去卖，花了几个月时间，终于完成了，简直跟真的一模一样，连李华也分辨不出来。李华把它摆在了家里，事也凑巧，一次李华的妻子打扫房间，把两个花瓶放在了一起，打扫完之后傻眼了，分不出真假了。李华也分辨不出，只好把两个花瓶都珍藏起来。

　　李华的儿子要结婚了，需要买房子，这需要一大笔钱，李华拿不出来，所以决定把那个青花瓷花瓶卖了。他把另外一个藏起来，买家来看过之后，很满意，说："这种款式的青花瓷花瓶只剩一个了，原来在你这里。"谈好了价钱，说好第二天付钱取货。只剩一个这样的青花瓷花瓶了，李华为难了。他想等以后人家知道了有两个这样的花瓶，那么就可以断定其中有一个是假的，仿制古代瓷器肯定被人知道了。

反正一模一样，不如这样做。于是他把另外一个打破了，扔了。第二天，剩下的那个花瓶以一百二十万元的价格卖给了那位买家。

　　过了几年，在一次拍卖会上，这个青花瓷花瓶被最新技术鉴定为仿制品。

学习竞争

江南

阿峰和阿婉是浙江奉县中学高中部的同班同学，阿峰是班长，阿婉是学习委员。他们的学习成绩都很好，阿峰的学习成绩是班级第一，阿婉是班级第二。有同学开玩笑说，他们是天生一对，他们都会笑着反驳，但心里却甜滋滋的。阿峰的数学成绩全班第一，他的愿望是考上省城一所全国重点大学的数学系，阿婉的英语成绩全班第一，她的愿望是考上这所大学的英语系，同学们都知道他们的愿望，都认为他们考得上。他们除了工作上的交流之外，很少说话，有时不经意间四目相对，他们都会害羞地转过脸去。

很快就高三了，阿峰攻读起英语来了，把大部分时间都花在了英语上面。奇怪的是阿婉却抓起了数学，整日钻研几何代数。高考结束了，阿峰英语考了满分，考上了省城那所全国重点大学的英语系，阿婉则数学考了满分，考上了同一所大学的数学系。

他们都知道了彼此的心意，阿婉成了阿峰的女朋友，阿峰成了阿婉的男朋友。

在大学里，他们学习都很勤奋，同学们都很优秀，不进则退。暮春三月，江南草长，杂花生树，群莺乱飞。在紧张

的学习之余，他们会手牵着手，一起去白堤苏堤散步，一起爬北高峰南高峰，一起去钱塘江观潮，他们感到很幸福。转眼就要毕业了，阿婉的学习成绩很优秀，门门功课都在九十分以上，导师推荐她去美国深造，阿婉犹豫不定。她把这件事告诉了阿峰，阿峰表示支持，说去美国深造是一个很好的机会，对她以后的发展很有好处，至于他学的是英语专业，很难有出国留学的机会，他要去青海支教。想到这就要和阿峰分开一段时间了，阿婉柔肠百结，说不出话来。阿婉临去美国的那天，阿峰来送行，他们恋恋不舍，约好五年后的这天，在奉县中学门口再见。

在青海的一所乡村中学，阿峰开始了五年的支教生涯。他的业务突出，讲课生动，深受老师和学生们的喜爱。学校里有几个本地的年轻女教师很喜欢他，向他表达了想和他进一步发展的愿望，都被阿峰婉言拒绝了。他想的是阿婉，不知阿婉现在怎样了。阿婉在美国的一所著名大学攻读博士学位，由于她天资聪颖，又勤奋好学，她发表了几篇重量级的论文，被邀请在华人数学家大会上发言，介绍她的最新研究成果。有好几所大学和多家研究所，邀请她日后去那里工作。阿峰从报上知道了阿婉的消息，很为她高兴，若她留在美国发展，他也不会怪她，还会支持她，因为他爱她。

五年很快就过去了，他回到了江南，那是他跟阿婉约好的那天，他来到了奉县中学门口，远远就看到阿婉向他跑过来，对他说："我知道你会回来的。"

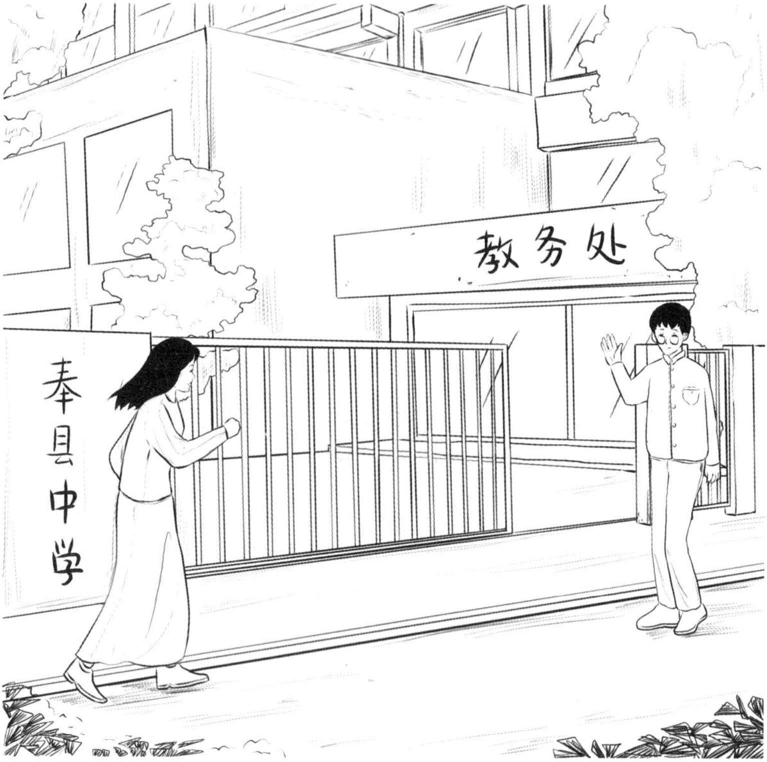
教务处
奉县中学

李县长

　　李华五十多岁，是沿海地区一个县的县长。李华的声望不错，领导赏识他，老百姓称赞他，大家都叫他李县长。老百姓称赞李县长主要因为以下三点：一，李县长每天骑自行车上班；二，李县长在县政府门口放了一个意见箱，供老百姓提意见；三，每次抗洪救灾，电视上都能看到李县长在现场指挥的身影。

　　据传，李县长还做过三件事。第一件事，李县长有一次骑自行车上班的时候，遇见有个老太太在路上晕倒了，李县长亲自送老太太去医院，老太太的家人很感谢李县长，写了一个爱民如子的牌匾送给李县长；第二件事，有个建筑商想行贿李县长，被李县长公开点名批评，所以李县长得到了两袖清风的名声；第三件事，在一次会议中，李县长坚持自己的意见，公开顶撞了副省长，于是又给大家留下了刚正不阿的形象。大家都说李县长是个好官。

　　这次，副省长来县里视察了，李县长陪着副省长四处察看，在汇报了当前经济工作情况之后，他们要去上海考察。他们坐上了开往上海的轮船，这艘船共载有一千多名乘客。在行驶途中，突然遇到超强台风，船线发生偏移，撞上了一处暗

> 学习竞争

礁，船底撞了一个大洞，海水大量涌入，船长指挥救援工作，预计一小时之后轮船会沉没，船上共有二十艘救生艇，可载四百余人，乘客惊慌失措。这时，李县长对船长说："让领导先上救生艇。"

副省长和李县长他们上了救生艇，一小时过后，轮船沉没了。

战友

李华是浙江的一个县委书记，这几天他碰到了一件烦心事。事情是这样的，县体育馆前几天倒塌了，所幸不是比赛日，并无人员伤亡，县体育馆建好投入使用才一年，就发生这样的事故，县里专门成立了一个事故调查小组，调查此次事故。在调查过程中发现，承包建设体育馆的建筑公司是一家不合格的建筑公司，发生过多起安全事故，为什么会承包给这样的公司，经查问，建筑公司的老板坦白了向城建局局长行贿一百万元得到工程的事情。城建局局长张文是李华的战友，曾经救过李华的命，所以李华感到心烦。

李华和张文曾一起参加过对越自卫反击战，在老山前线的一次战斗中，一颗炮弹在李华的身边爆炸，幸亏张文把他扑倒，他才没有受伤，而张文的腿受了伤，伤好了之后走路有点儿微跛，就退伍了，转到地方上工作，李华则屡立战功，到战争结束了，就到浙江的一个县工作，不久就当上了县委书记，碰巧张文也在这个县工作，还做了城建局局长，两人的关系一直很好，现在遇到了这件事，叫李华左右为难。一边是救命恩人，一边是国法，处理他，对不起救命恩人，不处理呢，有违国法，李华不知怎么办才好。思考再三，李华

学习竞争

决定见一见张文，问清楚事情原委，听听张文的说辞，再做决定。

李华来到了张文的家里，寒暄了几句，李华就问张文体育馆的事情，张文承认了受贿的事实，李华说："这让我很为难啊。"张文看到李华为难的样子，说："我会去自首。"因为他们是战友，张文不想让李华难做。

第二天，张文向检察机关自首了。

室友

阿峰和阿文是大学同学，也是同寝室的室友。阿峰是从浙江农村来省城念大学的，家境贫寒，每个月五十块的生活费，也就刚刚够用。阿文是从安徽来的，身上穿着有补丁的衣服，每顿饭只吃两个馒头，一份咸菜，生活相当节俭。看到这种情况，阿峰自己省吃俭用，经常地接济阿文。

那天，阿峰的奖学金发了，有一百块钱，碰巧那天是阿文的生日。阿文说："西湖边上新开了一家肯德基，要是能去那儿吃一顿就好了。"阿峰说："好啊，今天是你的生日，我请你。"于是他们去了那家肯德基，阿峰让阿文点餐，阿文点了两个套餐，他们吃着炸鸡翅，喝着冰可乐，吃得很畅快，这是阿峰第一次吃肯德基，吃完一结账，花了阿峰五十多块钱。回来的路上他们边走边聊，阿文说："今天我很高兴，谢谢你请客，要是有人能送我一份生日礼物就更完美了。"阿峰说："那简单啊，我送给你，你要什么生日礼物？"阿文说："要是有双李宁运动鞋穿在脚上，打球就能跑得快、跳得高，那该多好。"阿峰说："没问题，我们去商场看看。"于是他们去了商场，阿文选了一双李宁运动鞋，五十块钱，阿峰付了账。他们回到了学校，阿文说："今天真是开心的一天。"

学习竞争

日子一天天过去，转眼毕业了，阿文回了安徽，阿峰则留在省城，在一家软件公司工作，工作了一年，阿峰想自己开间软件公司，要五十万元本钱，这对阿峰来说是个天文数字，上哪儿去借呢。同学们都知道了他的情况，有一天，阿峰收到了一笔汇款，正好是五十万元，一看汇款人是阿文，当时阿峰愣住了，后来才得知，原来阿文的家族很有钱。

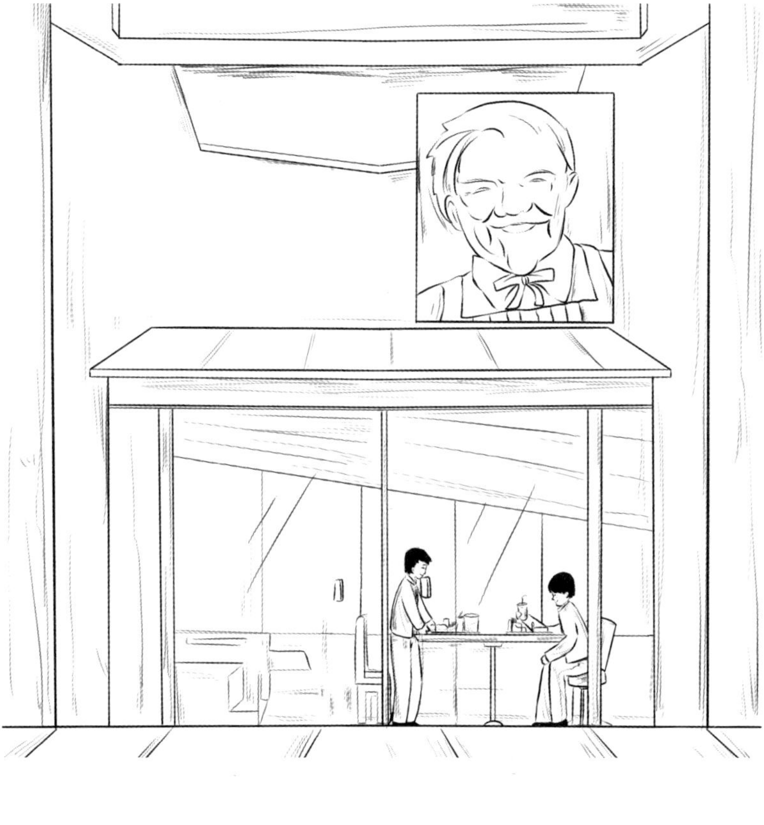

学习竞争

赌约

"肯定是乔峰最厉害了，降龙十八掌遇强则强。"李华说。张文表示不同意，说："虚竹身负逍遥三老的内力，武功无往而不利，虚竹最厉害。"王成则说："段誉内力震古烁今，六脉神剑指哪打哪，肯定是段誉武功最厉害。"赵峰说："段誉的六脉神剑时灵时不灵，发挥不稳定，很多人不认为他最厉害。"吴斌说："书末段誉内力已经融会贯通了，我也认为段誉最厉害。"几个好朋友看了金庸的小说《天龙八部》后，在争论书中三位主角谁的武功最厉害，那是在1990年，浙江奉县中学高一（3）班的几个同学坐在学校操场的草坪上开始这场争论的。最后李华说："武侠世界比武功，封建社会比韬略，商品经济时代比谁挣钱多，我们也比一比，看以后谁挣钱多。"大家都说好，于是他们订了一个赌约，看二十年之后谁挣钱最多，其余四位凑钱给挣钱最多的那位买辆小轿车。

订下了赌约之后，他们回到了教室，各自盘算起来。李华想："当官的挣钱多，我以后要考政治系，高二分科的时候我就选择文科。"张文想："挣钱是属于经济的范畴，精通经济，肯定挣钱多，我以后要考经济系。"王成想："要挣钱多，还得是出国，我以后要考数学系，容易出国。"赵

峰想："人都会生病的，当医生肯定挣钱，我以后要考医科大学，当个医生。"吴斌想："房地产很赚钱，我以后要考建筑系。"他们朝着各自的目标努力着。

高中三年很快就过去了，他们都参加了高考，李华考上了政法大学的政治系，张文考上了经济系，王成考上了数学系，赵峰考上了医科大学，吴斌没有考上大学。

在大学里，李华一边认真读书，一边与同学搞好关系，抽空还看起了《资治通鉴》。张文修了经济学、企业管理、贸易、财务、金融等课程，俨然成了一个经济通。王成在数学系则刻苦学习，门门功课都在九十分以上。赵峰学的是临床医学专业，不怕苦，不怕脏，就是为了要当一个好医生。吴斌则跟人学室内装修，做管道工，做泥水工，等等，还参加了室内设计培训。

转眼四年过去了，念大学的都毕了业，李华进了市政府办公室，张文进了一家外资企业，王成去了美国留学，赵峰在一家大医院当了医生，吴斌已经接了几个装修工程。又过了十年，李华当了办公室主任，张文成了副总经理，王成早就取得博士学位，评上了副教授，赵峰成了主任医生，他们都有丰厚的收入，吴斌则开了一家装修公司，自己当老板。他们常常联系，都知道各人的境况。他们都已经成家立业，有房有车，但他们对当年的赌约都非常重视。

接着，就出事了，李华被查出贪污受贿，坐了牢；张文押上了全部家当炒股，结果股市大跌，只好租房住了；王成

学习竞争

想评教授，论文造假被发现，在美国待不下去了，回国了；赵峰收病人红包，被取消从业资格，从订立赌约那年开始，二十年后挣钱最多的不是别人，是吴斌。

斗地主

李华离婚已经有好几年了，每天下班回家，一个人对着四面墙壁，上网斗地主成了他唯一的娱乐活动。

上网斗地主，首先要注册一个账号，然后充值换些"银子"，就可以玩了。李华每次充十块钱，换两万银子，通常进的是底分为十银子的牌室，对手是随机分配，李华牌艺不算差，这样通常可以玩一个月了。每天下班回到家，吃过晚饭之后，李华就开始上网斗地主了。这个游戏能让李华忘却工作上的烦恼，消除精神上的疲劳，度过孤独的时光。

日复一日，月复一月，年复一年，李华就这样过着日子。最近，李华觉得有点儿不对劲，每次打牌，对手老是出自己没有的牌，李华认为对方能看到自己手上的牌，牌打得好还是看到了牌，李华还是能分清楚的，还有，有的时候闲家帮着地主打自己，李华感到没意思了。

连唯一的娱乐活动也被剥夺了，李华感到深深的无助，不知道该如何度过这孤独的时光。

学习竞争

折痕

　　李华家里藏有一千多册书，这些书是李华的心爱之物，李华很爱惜它们，看书的时候总是小心翼翼的，生怕折坏它们。

　　由于工作繁忙，李华有一阵没看书了，等稍微有点儿空闲的时候，李华拿了一本书准备看，突然发现封面被折坏了，这就像折李华的心一样，他没心情看书了，又拿了另外一本，也被折坏了，再拿一本，还是被折坏的，李华不敢再拿了。怎么会莫名其妙地被折坏呢，李华百思不得其解，他又买了不少新书。

　　李华原来有一套岳麓书社的《资治通鉴》，这次在网上又买了中华书局繁体竖排本的《资治通鉴》，古色古香，李华很是喜欢。到了晚上，李华拿一本开始看，发现书内页有十几页都有明显的折痕，幸亏是七天无理由退货，李华换了一本，只换了一本，因为其他几本都完好无损，李华发现新换的书封底有轻微的破损，书的颜色也要比其他几本浅一点，李华不大满意，提出再换一本，这次换货的时候，换了一个送货员，不是往常的那个，李华的意思是先看新书，如果品相不佳，就不换了，而那个送货员的意思是直接换，李华拗不过，只得换了。李华一看这本书，封皮都是溢胶的痕迹，

书脊有皱褶，封底有轻微的折痕，李华很失落，怕麻烦，也就不再换了，用橡皮擦去溢胶的痕迹，放在书柜里，继续看岳麓书社的《资治通鉴》。

李华还买了一套上海译文出版社的《莫泊桑中短篇小说全集》，共五本，精装，李华很喜欢莫泊桑小说的那种淡淡的忧伤，看了选集之后，买了全集，打算珍藏，没想到第二天李华发现第一本的书脊上有个小凹痕，李华很是心疼。

中华书局的《太平广记》李华买来已经很久了，一直没拆塑封，这次李华打算看《太平广记》，于是小心翼翼地把塑封拆了，品相完好，李华很高兴，拿起第一本看得聚精会神，第二天又要看的时候，发现封面有一道折痕，书角有好几页都有轻微的折痕，李华像当头挨了一棒，心中气恼，只好自己安慰自己，书是用来看的，不是用来摆的，书有折痕，更应当把它看完。

商务印书馆的《理想国》总算看完了，李华把它放回去的时候，发现封底有一道折痕，李华很是无奈。

李华一个人住，这些书的折痕是怎么来的，李华不知道。直到有一天，李华发现书柜里有一只蟑螂在爬，"这些书的折痕可能是蟑螂弄的。"李华想。

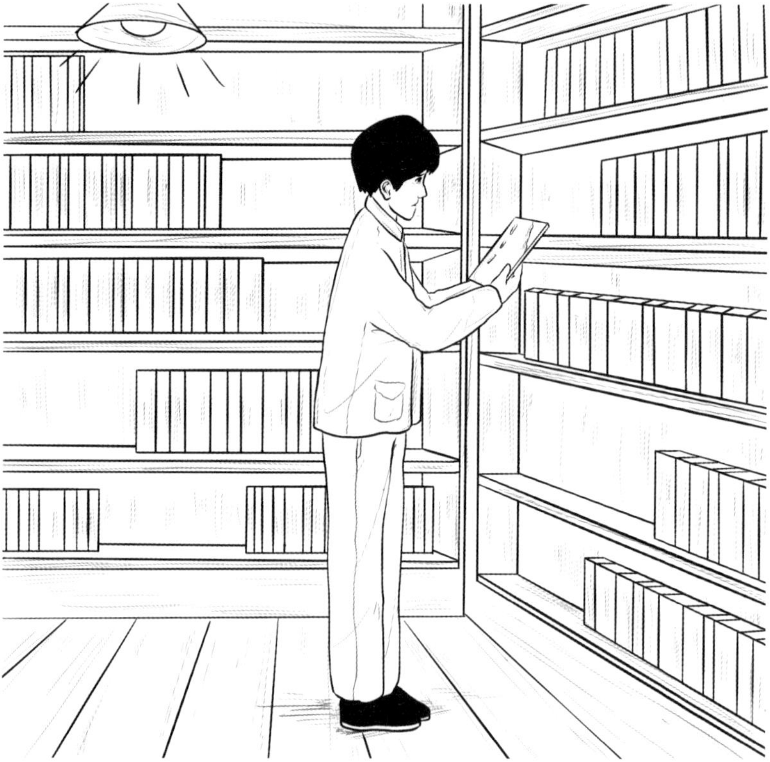

圣诞礼物

阿峰是大学数学老师，阿婉是中学英语老师，两人结婚没多久，没什么积蓄，再过一个月就是圣诞节了，他们各自为圣诞礼物发愁。

阿峰知道阿婉喜欢一条项链，有一次他们逛街的时候，在商场看到一条项链，阿婉很喜欢，不过要两千多块钱，没钱买，只好看看，这次圣诞节要是能送给她该多好！阿婉知道阿峰喜欢一部诺基亚手机，要一千多块钱，阿婉想在这个圣诞节送给他，可是手头没钱，怎么办呢？

一天，阿峰对阿婉说，学校有数学竞赛，他晚上要辅导学生，为期一个月，阿婉对阿峰说，她晚上也有课，有几个学生的英语成绩很差。于是他们每天晚上都出去，尤其是阿峰，很晚才回来。过了几天，有一晚阿峰回到家，对阿婉说，他有一个学生叫李华，特别聪明，一学就会，这次竞赛肯定能拿好成绩。阿婉对阿峰说，她的学生有个叫张文的，学习不用心，要教好几次才能把题目做正确。

一个月过去了，圣诞节到了，阿峰送给阿婉一条阿婉最喜欢的项链，阿婉送给阿峰一部诺基亚手机。

有一天，阿峰看到阿婉的书桌上放着一张英语试卷，上

学习竞争

面写着名字王成,这不是他辅导的学生吗?阿峰明白了。原来阿峰为了买圣诞礼物,这一个月都在给一个叫王成的初中生辅导数学,于是他问阿婉,晚上是不是在做英语家教,阿婉说:"你怎么知道?"阿峰说:"我也在给这个孩子做数学家教。"

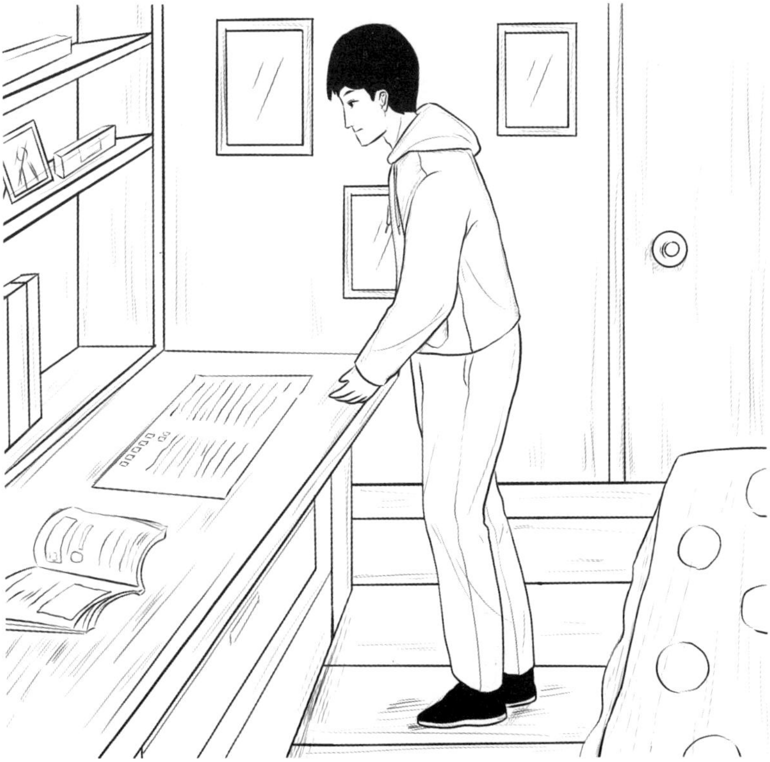

学习竞争

我想写部武侠小说,发现武侠小说都被金庸写光了,于是我写了武林录。

武林录

一

一个冬日的上午,寒风凛冽,在灵峰的梅林里,一位十八九岁的年轻书生正在信步赏梅,忽然从不远处的山道上传来呻吟之声,这位年轻书生连忙走过去,发现有一个人倒在地上,一个四五十岁的男子,手上拿着一把剑,身受重伤,年轻书生帮他包扎好伤口,背起他下山往家里走。原来这个年轻书生姓李名华,杭州李家村人氏,自幼父母双亡,家中只有一位老家人在照顾着他,李华从小刻苦读书,在村里有一位一起长大的同窗好友,名叫李松,时常走动,李华知书达理,深得村里人喜爱。

李华背负着受伤的男子回到家里,把他安置在客房的床上躺下,给他倒了一杯水,叫老家人李福去请大夫。这个受伤的男子喝了点儿水之后,渐渐地恢复了些力气,向李华道:"谢谢你救了我,我是华山派掌门周青峰,被仇家追杀受伤,多亏你相救。"李华抱拳道:"应该的,我已经叫人去请大夫,

你就在这儿安心养伤。"周青峰道:"敢问恩公尊姓大名?"李华道:"周掌门不要客气,小生叫李华,这儿是杭州李家村。"不一会儿,大夫来了,给周青峰敷了点药,又开了一张药方,道:"内服外敷,一个月后就会好了。"李华谢过大夫,叫李福去抓药。李福抓药回来,煎药给周青峰喝。就这样一个月过去了,在李华的悉心照料下,周青峰的伤好了。

一日,李华陪着周青峰在庭院散步,周青峰向李华道:"李公子,你的大恩大德无以为报,我想传你华山剑法,作为报答。"李华道:"我只是个读书人,不想学武。"这时李松来访,听到两人的谈话,向李华道:"学武既可以强身健体,又可以斩妖除魔维护正义,为什么不学呢。"周青峰道:"这位公子言之有理,有恩不报非君子,这是我的心愿。"李华道:"既然两位这么说,那我就答应了,只是在下资质愚钝,要周掌门费心了。"

于是周青峰就教起李华武功,李华天资聪颖,不到三个月,"苍松迎客""白虹贯日""天地同悲"等,一套共三十招的华山剑法就练得相当娴熟。周青峰看看差不多了,就向李华道别:"我传你武艺,并非师徒,他日你若有意,可以上华山来找我,入门华山。"李华送周青峰,到长亭,周青峰道"千里送君,终有一别,不要再送了。"李华道声"保重"便回来了。

自此之后,李华上午读书,下午练剑,文武相济,大有进益。有一日,只见李莉急急忙忙地过来,李莉是李松的妹妹,比李华小两岁,李华也把她当妹妹看,忙问她出了什么事,李莉道:

学习竞争

"我哥哥被陆家村的人打伤了,你快过去看看。"李华来到李松家里,只见李松趴在床上,袒露着上身,背上多处棍伤,李松见李华来到,慢慢转过身子,勉强坐了起来,李华忙问事情的原委。原来连日干旱,流经陆家村、李家村的小河日见干涸,陆家村、李家村一带的稻田平日就靠这条小河灌溉,现在水量减少,陆家村的村民就把小河堵上了,陆家村在河的上游,李家村在河的下游,李家村的稻田就得不到灌溉,庄稼已渐渐枯萎,李家村的村民叫上李松一起到陆家村理论,没想到陆家村的人蛮不讲理,其中一个叫陆胜的会武艺把李松等人给打伤了。李华听了,大怒:"岂有此理,天下间竟有这等事。你好好养伤,我去找他们理论。"李华叫了几个村民往陆家村走。

一路上,只见田地龟裂,禾苗枯萎,李华心头更是气愤,到了陆家村,立刻有一大帮人围了上来,为首的是个体格壮硕的大汉,手上拿着一根木棍,一个村民告诉李华这人就是陆胜,李华向陆胜抱拳,道:"这条小河的河水是共用的,你们为什么堵上,还打伤了我们的村民,这是什么道理。"陆胜道:"别啰唆,我的棍棒就是道理。你手上拿着剑,只要你能打赢我,就给你们放水。"李华道:"好。"周围的人给他们让出了一块空地,陆胜拉开了架势,李华并未拔剑,向陆胜道:"请。"陆胜一个"泰山压顶",木棍向李华当头打了下来,李华用剑鞘架住,顺势一招"青松横枝"就戳中陆胜的左肋,陆胜"哎呀"一声就倒在地上,爬不起来。陆家村的村民连忙围上去,只听陆胜说:"放水。"

李华他们回到了李家村,大家兴高采烈,把李华当成了英

雄,李莉更是暗自高兴。

　　日子过得很快,转眼就临近中秋了,这一日,李华正在练剑,李莉拿了一封月饼过来,向李华道:"我哥哥请你中秋晚上到我家一起喝酒赏月。"李华道:"好的,多谢了。"中秋晚上,李华到了李松家里,与李松兄妹一起喝酒赏月,坐在庭院内,看着天上一轮皎洁的明月,李华触景生情,思念起自己的父母来了。李松道:"兄弟,读万卷书,不如行万里路,你现在身负绝艺,应当游历名山大川,行走江湖,才不负所学。"李华道:"松兄言之有理,我会考虑的。"夜到二更,李华告辞回家。

　　想了三日,李华决定出门,先上泰山看日出。临行前,李莉送给他一只荷包,道:"这是我亲手给你绣的。"

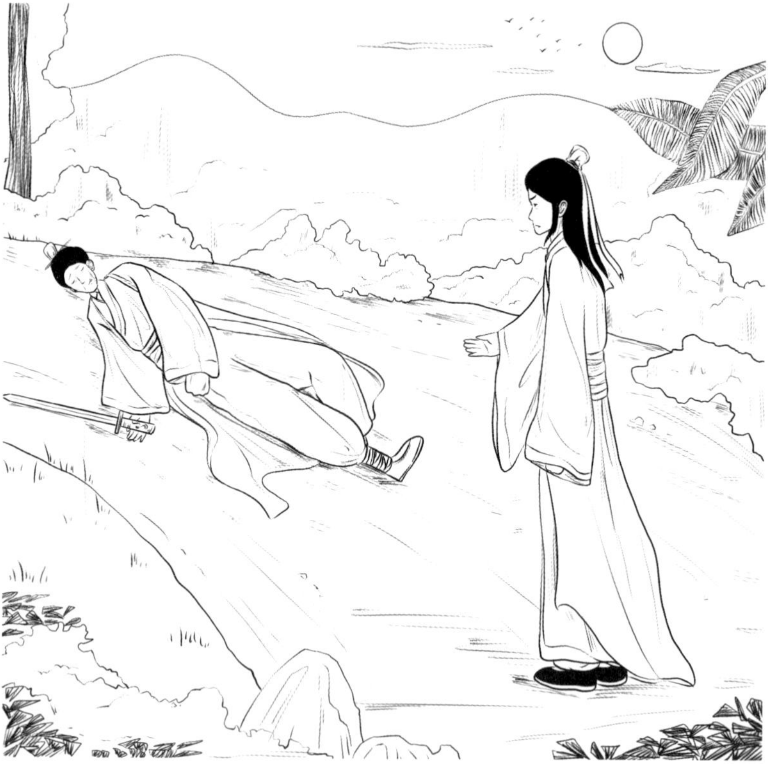

二

闲话少叙，不到一日，李华到了苏州，找了一家客栈住下。次日中午时分，李华在厅堂里找了一张靠窗的桌子坐下，叫了点酒菜，用起餐来。这时，走过来一个六十多岁的老者，后面跟着一个十六七岁的女子，他俩在李华跟前站住，这老者向李华道："公子，我孙女会唱曲，想给公子唱一曲，不知公子意下如何？"李华道："好的，就请唱上一曲。"那老者拉胡琴伴奏，那女子唱了一曲《雨霖铃》，李华给了老者一两银子。老者连声道谢，爷孙俩刚要离开，只听有人喊道："过来，给大爷唱一曲。"一看，那边桌子坐着一位二十五六岁的年轻男子，公子哥打扮，正是他在招呼，旁边还站着两个壮汉，爷孙俩赶忙过去，那老者问："不知公子喜欢听什么曲？"那年轻男子一看这孙女，道："长得挺漂亮，还是陪大爷喝酒吧。"说着，抓住了她的手就往怀里搂，那孙女连喊"救命"，老者去拉孙女，被那两个壮汉推倒在地。李华一看，火冒三丈，向那年轻男子怒道："光天化日之下，竟敢调戏妇女，你眼里还有王法吗？"那年轻男子道："要你多管闲事，给我打。"那两个壮汉向李华扑了过来，李华一闪，顺手一推，将那两个壮汉打倒在地，那年轻男子放开

学习竞争

那孙女，站起身来，拔出钢刀，就向李华劈来，李华举剑一架，两人打了起来，只四五招，那年轻男子被李华刺中手腕，钢刀落地，那年轻男子向李华道："小子，你敢刺伤我，你知道我爹是谁吗，我爹是黄刚，你等着。"说完，就和那两个壮汉连滚带爬地走了。

那爷孙俩谢了李华，劝他离开这儿，这黄刚是太湖帮帮主，惹不起。李华道："有理走遍天下，不要紧。"说完，继续喝酒，爷孙俩走了。大概过了一炷香时间，只见刚才那年轻男子领了一个人过来，这个人是一个四五十岁的中年男子，样貌威严，他俩在李华桌前站住，中年男子向李华道："是你打伤了小儿黄玉？"这中年男子正是太湖帮帮主黄刚，那年轻男子是他的儿子黄玉，李华道："正是，光天化日之下，他竟敢调戏妇女，所谓路见不平，拔刀相助，我岂能袖手旁观？"黄刚道："小儿顽劣，我自会管教，用你来管，你既然敢多管闲事，想必有些本事，我想领教一下。"李华道："不敢。"黄刚拔出钢刀，李华亦拔出剑来，两人就斗上了，黄刚使出快刀刀法，第十九招使出一招"力劈华山"，李华招架不住，被一刀砍在左肩上，李华受伤倒地，黄刚向李华道："今天就教训你一下，看你以后还敢多管闲事。"说完，与黄玉一起走了。

李华挣扎着坐了起来，小二搀扶着他进了客房躺下，又帮他请了一个大夫医治，上了金创药，过了七八日，李华的伤好了。李华想："要闯荡江湖，我的本事还不够，不如上

华山拜师学艺。"于是,李华向华山进发。

过了十来日,李华到了华山脚下,问了樵夫华山派的所在,只身上山。山道崎岖,山势险峻,李华花了两个时辰才到了华山派的所在,几处房舍隐于半山之中,外面有两个人把守,见了李华,问道:"你是什么人,到华山派来干什么?"李华道:"我叫李华,要拜见周青峰掌门。"一人领着李华,进了大殿,见了周青峰。周青峰一见李华,道:"李公子,见到你真是太好了。"李华说明了来意,要拜师学艺。周青峰道:"求之不得。"说着,选了一个日子,再行拜师之礼。

这一日,正是黄道吉日,李华上香拜过华山派历代祖师,正式拜了周青峰为师,道:"师父在上,请受徒儿一拜。"说完,拜倒在地,周青峰道:"起来,见过众位师兄弟。"华山派以入门先后为序,李华见了大师兄方江及众位师兄,还有几位师姐,周青峰道:"入了本门,就要遵守本门的戒条,华山派有七戒,方江,告诉你的师弟。"方江道:"华山派七戒,一戒欺师灭祖,二戒残害同门,三戒奸淫妇女,四戒偷盗财物,五戒欺善怕恶,六戒骄傲自大,七戒怕苦怕累。"李华向周青峰道:"师父,徒儿一定遵守。"自此,李华正式拜入华山派门下。

学习竞争

三

一日，周青峰向李华道："李华，华山剑法我已传给你了，现在我传你华山派的内功，内功越深厚，剑招的威力就越大。"说完，念了几句内功心法，并讲解了其中的含义，李华就修炼起华山的内功来了。

如此半年，李华的内功已有小成，李华感到身体轻盈，华山剑法使得更是得心应手。华山派又新收了一个女弟子，叫陆婉，十八九岁，跟着李华练剑。如此又过了半年有余，一日，周青峰召集华山众弟子，道："独脚大盗毛雄已到西安，这毛雄偷盗之后还杀人，谁去诛杀他？"李华道："弟子愿往。"李华在西安一富户屋顶蹲守七天七夜，那晚终于发现一人越墙而入，李华纵下，问道："来人可是毛雄？"那人道："正是你老子。"李华一剑刺去，毛雄使单刀架住，两人斗了七八招，李华一招"夜叉探海"，正中毛雄心窝，毛雄当场毙命，李华赶回华山。

陆婉跟着李华练剑，朝夕相处，日子一长，彼此生出情意，李华送了贴身戴的玉观音给陆婉，陆婉送了一条绣着"婉"字的汗巾给李华。又过了一年，陆婉的剑术已有相当火候。一日，周青峰向李华道："'太行八恶'，烧杀抢掠，作恶多端，

为师早就想诛灭他们，一直抽不出时间，你代师父走一趟如何？"李华道："好。"周青峰道："一人可能不够，我叫你的三师兄跟你一同前往。"陆婉不放心李华，要一块儿去，周青峰道："那就你们两人去吧，一切小心。"

李华和陆婉到了太行山，与"太行八恶"激战三天三夜，终于把他们全数歼灭，轰动武林，被誉为"华山双侠"。

又一日，周青峰召集众弟子，道："有一批邪魔外道，定于五月初五端阳节晚在武夷山聚会，意欲搞乱武林，少林、武当、华山、峨眉、崆峒、点苍等九大门派各出十人，准备剿灭这批邪魔外道。"说着，指派了十人，叫李华带头。

李华一行到了武夷山，会见了各门派的人，决定预先埋伏在山上。五月初五晚，在山腰的一个平台上，聚集了大约一百人，个个神情激昂，只听有人一声令下，"杀"，李华等人杀了过去，刀光闪闪，人影绰绰，不到一个时辰，对方只剩下十余人，李华又刺倒一人，只听那人高呼一声"正义必胜"，气绝身亡。李华心想："这些人不像邪魔外道。"邪魔外道全部被歼灭了，九大门派这边也死伤大半，李华一行只剩四人回去。

李华一行回到华山，周青峰亲率众弟子迎接，说道："你们立了大功。"一日，李华与师妹陆婉正在练剑，见师父走了过来，忙停住，周青峰向李华道："李华，你的剑术越发精进了，我想立你为掌门弟子。"李华道："师父春秋正盛，为何现在就立掌门弟子？就算要立，也应该立大师兄方江啊。"

学习竞争

周青峰道:"天有不测风云,人有旦夕祸福,现在武林波谲云诡,为师也不知道以后会怎样,不如早立。方江虽比你入门早,但说到武功造诣、江湖声望,方江都不及你,所以你是最恰当的人选。"李华道:"一切听从师父吩咐。"

选了一个吉日,周青峰召集门下弟子,正式立李华为掌门弟子,陆婉很是高兴。

四

又到了中秋,晚上,李华与众师兄弟一起喝酒赏月,天交亥时,各自回房。李华走到半路,忽觉头昏脑涨,脚步一个踉跄,心想:"这酒怎么这么厉害?"没走几步,头重脚轻,栽倒在地,人事不知。等醒来时,李华发现自己躺在一张床上,床边坐着师姐耿云,衣衫不整,向他哭道:"没想到你是个淫贼,我要去告诉师父。"说完,跑开了。原来这是耿云的房间,李华心知遭了陷害,只有等师父明断。周青峰来了,向李华怒道:"你知道你犯了什么戒条,第三戒淫戒,华山派再也容不下你,你走吧。"李华万念俱灰,陆婉伤心欲绝,把玉观音还给了李华,第二天一早,李华离开了华山。

李华回到了杭州李家村,李华被逐出华山派的消息传遍了整个武林,连李家村也得到了消息,在路上,遇到的都是鄙视的目光,原本熟识的人好像不认识他似的,连李松也不与他来往了,李华心如刀割,只有李莉还像以前一样敬重他。

李华开始日日喝酒、赌博,借以打发这孤独的时光。秋去春来,一日中午,李华正在西湖边太白楼喝酒,只见路上十几个穿着黑衣服的人在追杀一个道士,那道士眼看就要招架不住了,李华飞身纵下,一柄剑指东打西,将那些黑衣人

学习竞争

打散了。那道士向李华拱手一礼，道："在下崆峒姜海，多谢公子相救，敢问公子高姓大名？"李华道："在下李华。"姜海道："我还有要事，就此别过。"说完就走了。李华回到楼上继续喝酒，坐下没多久，只见一个三十岁上下的大汉走过来，向李华道："兄台，能否同坐？"李华道："请。"大汉刚坐下，又来了一个二十六七岁左右的年轻书生，向李华一拱手，道："兄台侠义心肠，在下敬佩，能否请你喝杯酒？"李华道："请坐。"年轻书生坐下，道："在下张文。不知两位高姓大名？"那大汉道："在下丐帮王成。"张文道："原来是丐帮王帮主，失敬失敬。"李华道："在下华山弃徒李华。"张文道："原来是李华兄，久仰久仰。"又道："两位知道刚才那些黑衣人是什么人吗？"李华道："在下实在不知。"王成道："他们的衣服上绣着三颗星，应该是天星教的人。"李华道："天星教？"张文道："正是。天星教也就是魔教，统治武林已四十年，武林中各大门派都臣服于它，天星教有十万教众，还养有一万名秘密武士，隐姓埋名，藏迹于江湖市井之中，专门暗杀异己，弄得人心惶惶，人人自危。"王成道："天星教现任教主赵军心狠手辣，开始明目张胆地残害异己，已招致武林中不少正义之士的不满。"张文道："正是。赵军公开叫嚣，'顺我者生，逆我者亡'，许多人不愿顺者苟活，宁愿逆者人亡，我已建立了反天星教秘密联盟，准备伺机刺杀赵军。"王成道："好，我丐帮一万帮众支持你们。"张文道："王兄，李华兄，你我三人一见如故，不如结为兄

弟，你们意下如何？"王成道："我正有此意。"李华道："蒙两位兄台错爱，小弟求之不得。"于是报了年纪，王成是大哥，张文是二哥，李华是三弟。王成向张文道："二弟，天星教总坛黑风山地势险要，赵军又练成了《莲花宝典》上的功夫，武功深不可测，另有十大长老护卫，行刺他可不容易，你要小心。"张文道："多谢大哥关心。不成功，便成仁。秘密联盟有三百名死士随时准备为正义献身。"王成道："二弟，你定下了时间告诉我，我去攻打天星教各分坛，分散他们的兵力，你成功的机会就大些。"张文道："如此甚好。"李华道："大哥二哥，有什么差遣尽管吩咐。"张文道："三弟，你就在江南招集志同道合之士。"李华道："好。"三人又喝了一会儿，张文、王成先后告辞，李华也回到了李家村。

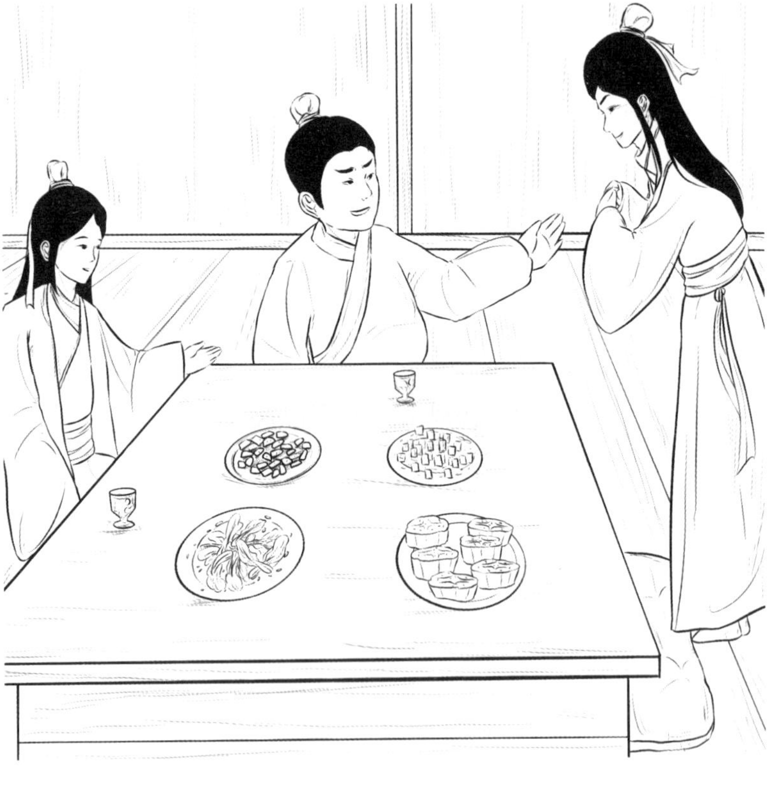

五

　　张文向西北而行,想到黑风山周围摸清地形,临近黑风山,张文走在小道上,看见有一个人在前面走,似乎是个年轻男子,突然从道旁闪出四个黑衣人,衣服上绣着三颗星,正是天星教的人,挡住了年轻男子的去路,一个黑衣人道:"你是什么人,到这儿来干什么?"那年轻男子道:"我叫余安,一路游山玩水,到了这儿,你们为什么拦着我?快让开。"黑衣人道:"前面就是黑风山,你不能过去。"余安道:"我偏要过去。"那四个黑衣人拔刀杀向年轻男子,年轻男子一扬手,一道指力激射而出,一个黑衣人应声倒地,接着又一个,余下两人见势不妙,跑了。

　　张文一看年轻男子使出这等功夫,打量了他一下,见他二十一二岁的样子,长得甚是英俊,问道:"你叫余安?怎么会玄天指法?"余安道:"你是谁?这门功夫是我师父天一居士教我的。"张文道:"原来是师弟。听闻师父五年前新收了一个徒弟,原来是你。"余安道:"你一定是张师兄,师父命我下山,是叫我来帮助你的。"说着拿出了一封信递给张文,张文打开一看,是师父的亲笔信,大意是要成大事,需要好帮手,特命余安协助他。张文很感谢师父,向余安道:"我

学习竞争

要办的事很危险,你还是不要参与了。"余安道:"赴汤蹈火,在所不辞。"张文道:"好,那你就跟着我。"

他们走了一段路,打量着地形,只见黑风山大门紧闭,里面不知有多少天星教众。看天色已晚,他们回来了,到了附近的一个小镇,找了一家客店住下。第二日一早,张文向余安道:"这几日你多留意黑风山的动静,我要外出一趟。"说完就走了。

张文向丐帮总舵行进,他要找王成商量大事。不一日,到了总舵,见了王成,道:"大哥,我们的行动就定在六月初六吧,这一日是大暑,天气炎热,黑风山的教众防范会松懈一点。"王成道:"好,丐帮就在这一日攻打天星教的十个分坛。"张文告辞。

张文回到客店,问余安:"这几日黑风山有何动静?"余安道:"还像平常一样,没什么动静。"到了六月初五晚,张文召集余安和秘密联盟三百死士,告知明晚上黑风山刺杀赵军,今晚好好休息。

六月初六一早,丐帮向天星教西安、武汉、长沙、合肥、南昌、杭州、南京、郑州、石家庄、福州十个分坛发动攻击,天星教大乱,教主赵军急命十大长老率众支援,并令少林、武当、华山、峨眉等九大门派共同围剿丐帮。到了晚上,张文、余安率三百名死士上了黑风山,一路并未遇到人员防守,张文以为都去围攻丐帮了,没想到到了绝风岭,黑压压围来一大帮人,有几千之多,张文心知中了埋伏,我方有内奸,

只听一声"杀",一阵乱斗,张文使出玄天指法,一道道指力激射而出,敌人应声而倒,这时魔教中出来两人,正是左右护法杨帆、郑行,一个使伏虎掌法,一个使北斗神拳,与张文斗在一起,一时难解难分,这时三百名死士已死伤大半,连赵军的影都没见到,张文正自心急,只听一声大喝:"住手。"一个五十岁左右的男子走过来,在离张文两丈远的地方站住,正是天星教教主赵军,赵军向张文道:"我不出来,你是不会甘心的。听说你要行刺我,看你有多大本事,出招吧。"张文手指一扬,一道浑厚的指力激射而出,赵军一闪,身如鬼魅,快如闪电,一下就欺到张文身前,伸手点中了张文的穴道,张文动弹不得。剩下的死士继续战斗,向赵军杀来,被一一歼灭。余安也被俘了,赵军命人把张文和余安关进地牢。

赵军来到地牢,向张文道:"我不杀你们,是因为看重你们的才干,如果你们肯归顺我,我一定重用。"余安道:"小人愿归顺,效犬马之劳。师兄,你也归顺了吧。"张文道:"原来你就是内奸,我决不投降,唯死而已。"赵军把张文关了多日,看张文意志坚定,就把他杀了,斩首示众。

再说丐帮攻打十个天星教分坛,受到了天星教的顽强抵抗,等到天星教援兵一到,再加上九大门派的人,丐帮抵挡不住,大部分帮众被杀,余者四散逃走。帮主王成与天星教十长老恶战,退到海边悬崖,王成使出龙形八掌,一道道浑厚的掌力打向十大长老,十大长老有五个人或死或伤,王成亦受了伤,最后被打下悬崖,不知所踪,丐帮覆灭。

六

李华听得丐帮覆灭，王成下落不明，张文入狱，心里极为难过，后又得知张文被斩首示众，心情更是低落到了极点，终日茶饭不思，如此过了半年。这几日，李华觉得有点儿不对劲，每次外出，遇到的人，要么坏笑，要么愤懑，李华不知道发生了什么事情。

李华自己不知道，但杭州，乃至全国各地都传开了，说杭州有一个人在大街上裸行，这个人原是华山派的，犯了华山派第三戒条淫戒，被逐出华山派，天星教教主赵军为了惩罚他的恶行，叫人给他下了迷药，控制了他的心智，叫他当街裸行，但了解内情的人都知道事情不是这样的，因为据老一辈的人讲，这牵涉到一段私人恩怨。二十年前，赵军的哥哥赵强有一次欺辱民女，被李华的父亲李剑发现，惩罚了他，废了他的武功，教他以后不能继续作恶，赵军怀恨在心，加入了天星教。五年之后，学得武功，杀了李华的母亲，将李剑关入天星教的地牢至今，现在又来报复李华。此事一传十，十传百，听到的人无不痛骂赵军是畜生，杭州张家村一千余人更是群情激愤，要去黑风山请愿，叫赵军停止这种变态行径，没想到当夜水井被人下毒，张家村一千余人全都中毒而

亡，无一幸免。一日，在李华裸行的时候，赵军押着李剑观看，李剑须发尽竖，咬舌自尽。崆峒派掌门一凡道长听闻，率众弟子到黑风山进谏，要求赵军停止这种行径，在路上遇到伏击，全部遇难，崆峒派覆灭。

　　李华听得张家村和崆峒派的事情，隐约觉得与自己有关，但又说不出所以然来，整日心神不宁，悲悲戚戚，老家人李福看到李华这个样子，心中不忍，把他父亲李剑与赵军的恩怨，李华裸行，李剑自尽的事原原本本地告诉了他，李华一听，大叫一声，昏厥在地。过了一个时辰，李华醒来，李福又说道："赵军练成了《莲花宝典》上的功夫，武功天下无敌，只有《大悲赋》的武功能克制他。你要报仇，就要练成《大悲赋》上的武功。"说完，李福拔出李华身上的剑，自刎而亡。李华心道："此仇不报非人也，我一定要练成《大悲赋》上的武功。"

　　李华家里藏有一本《大悲赋》，李华一直都不知道那是本武功秘籍。

学习竞争

七

　　李华找出了那本《大悲赋》，打开一看，这只不过是一本寻常的诗赋，自己以前也看过好几遍了，怎么会是武功秘籍呢。再一细看，李华发觉这些文字的笔画钩点很像人体的经脉穴位，李华练过华山派的内功，对经脉穴位自是十分了解，这是手太阴肺经，心念一动，一股内息从此处生了出来，原来这是一本修炼内功的书，李华从此就依书练了起来。
　　练了三个月，李华觉得内力充沛，随手发出一掌，就把三丈外的树给打断了，李华又惊又喜，觉得报仇有望。一日，李华在太白楼喝酒，只见过来一个女子，向李华道："公子，你还认识我吗？五年前，你在苏州客店救过我，我和爷爷还给你唱过曲呢。"李华认出了那女子，问道："你爷爷呢？"那女子道："我爷爷去世了。上次匆匆忙忙，未请教公子高姓大名，不知公子能否告知？"李华道："在下李华。"那女子道："原来是李公子，我叫阿霞，现在无依无靠，只身一人，公子能否收留我，我会洗衣、做饭服侍你。"李华道："我现在一个人住，你来的话，孤男寡女，甚是不便。"阿霞苦苦哀求，李华答应了。
　　自此，李华的饮食起居由阿霞照应着，李华专心练《大

悲赋》上的内功。又练了三个月，李华觉得内力充盈，全身布满真气，随手发出一掌，能打断五丈外的树，李华甚是高兴。又练了三个月，李华的真气能外放三尺开外，形成气墙，护住全身。李华想："防御是没有问题了，最好能有些攻击手段。"李华打开《大悲赋》，仔细查看，发现封底稍厚，有夹层，李华小心翼翼地用刀片划开，里面藏有一幅薄绢，拿出来打开一看，上面密密麻麻写满了小字，右首写着"乾坤三式"几个字，第二列写着"乾坤指""乾坤掌""乾坤剑"几个字，原来是武功秘籍，李华喜出望外。

李华开始练"乾坤三式"，练得乾坤指，削金断玉；乾坤掌，地动山摇；乾坤剑，石破天惊。

一日，李华觉得武功练成，正想找赵军决斗，忽听闻王成回来了，到了少林寺，不觉大喜过望。

学习竞争

八

原来那日王成被打下山崖，幸得一船家所救，到了东瀛，学习忍术，并结交当地中华武士，听闻赵军变态行径，心中大怒，待得三年忍术学成，就带着十八中华勇士回来，到了少林寺。

少林方丈了凡大师率众迎接，王成向了凡大师道："当今武林，天星教残暴不仁，武林各门派应该联合起来，反抗天星教的统治，希望大师能召集武林人士召开武林大会，共商反天星教大计。"了凡大师道："老衲正有此意，如今中秋临近，就定于八月十五在少林寺召开武林大会。"王成道："如此甚好，有劳大师了。"了凡大师当即分派人手，去通知武林各门派。

八月十五那天，少室山群雄济济，武当、峨眉、华山、点苍等各大门派都有人来，聚集了几千人，原丐帮弟子听闻帮主回来，重新聚拢，来到少室山，也有三四千人，王成向大家道："众所周知，天星教教主赵军是个变态，让一个变态来领导武林，各位英雄颜面何在？并且赵军阴险毒辣，杀张家村，灭崆峒，我们不能坐以待毙，应当联合起来，反抗赵军的统治，各位意下如何？"群雄点头称是。王成又道：

"各门派联合起来，必须有一个人出任武林盟主，来领导群雄，我推举少林方丈了凡大师，各位意下如何？"群雄点头，表示没意见。了凡大师道："老衲乃方外之人，且老迈昏庸，不能当此大任，武林盟主肩负重任，必须是一个年轻有为、武功卓绝的英雄来担任，我觉得还是通过比武来决定盟主人选。"群雄赞成。

武当掌门玉虚道长亦决定放弃盟主之位，华山掌门周青峰站了出来，道："让在下来抛砖引玉，哪位英雄出来与我比试？"峨眉掌门齐如风道："我不入地狱，谁入地狱？齐某献丑了。"两人就在山上的空地上斗了起来，周青峰使出华山剑法，齐如风还以峨眉剑法，堪堪斗了三四十招，齐如风使出一招"飞燕横渡"，刺向周青峰的咽喉，周青峰躲闪不及，眼看就要刺中了，剑尖到咽喉还有三寸，齐如风停住了，向周青峰道："承让。"周青峰退下，王成站了出来，向齐如风抱拳道："王某来领教齐兄的高招。"说完，王成使出龙形八掌，一道浑厚无比的掌力击向齐如风，齐如风往旁边一闪，使出峨眉剑法，王成又击出一掌，王成离齐如风有三丈远，齐如风被掌力所阻，近不了王成的身，只得把剑使得风雨不透，护住全身，时间一长，便难支持，往后退下，向王成道："在下服输。"群雄见王成如此神勇，无不心悦诚服，向王成大叫："盟主，你是我们的盟主。"王成道："承蒙各位英雄错爱，在下就承担此任，不日攻打黑风山。"

学习竞争

　　李华离开了杭州,到了黑风山,约赵军九月初九在泰山之巅决斗,了断仇怨,赵军答应了。

九

　　李华到了丐帮总舵，见到王成，道："大哥，太白楼一别，听闻丐帮攻打天星教，大哥与十大长老恶斗，被打下悬崖，下落不明，小弟甚是担忧，没想到如今大哥回来了，还当了武林盟主，真是可喜可贺。要是二哥还在，那就更好了。"王成说了事情始末，向李华道："三弟受苦了。"李华热泪盈眶，道"我已约赵军九月初九卯时在泰山之巅决斗，以了断仇怨。"王成道："那我们就九月初九卯时攻打黑风山，天星教总坛一破，各分坛便不攻自破。"

　　九月初九卯时，王成率各路群雄一万余人攻打黑风山，天星教十大长老率五万教众迎敌，双方展开恶斗。

　　九月初九卯时，泰山之巅，封禅台，东方日出，霞光万丈，李华与赵军相对而立，相距五丈，李华向赵军道："你我仇怨，今日做个了断。"赵军道："好，有什么本事你尽管使出来。"李华使出乾坤指，一道真气激射而出，击向赵军，赵军一闪，身如鬼魅，快如闪电，已到李华身前，一指向李华胸口的膻中穴戳去，指力到胸口三尺处，遇到一堵气墙，戳不进去，赵军使出十成黑风指功力，又逼近一尺，再也戳不进去，李华使出乾坤掌，正中赵军胸口，赵军被击出一丈外，气绝身亡。

学习竞争

再说王成率众攻打黑风山，杀得尸横遍野，血流成河，双方死伤过半，剩下的还在激烈战斗，王成又被十大长老围攻，他使出忍术，幻出十个王成，使出龙形八掌，十大长老均中掌，倒地身亡。这时天星教教主赵军决斗身亡的消息传到黑风山，天星教教众早就不想过这种提心吊胆的日子了，一听赵军被杀，一阵欢呼，作鸟兽散，天星教覆灭。

学习竞争

十

　　九月十五,丐帮总舵,举行庆功宴,参加群雄五千人。王成向群雄道:"天星教覆灭,我的武林盟主之位也该卸下了,我决定不再担任盟主。"齐如风道:"武林中难免有纷争,需要有人来排解纷争,排忧解难,盟主辞不得。"群雄点头称是。王成只好答应,继续担任盟主。

　　李华带着阿霞,隐居山林。

　　陆婉在普陀乌衣庵出家为尼,决定青灯礼佛过一生。

(完)

英雄传

一

淮阴，一个十八九岁的年轻男子背着长剑，正在街上行走，突然遇到一帮无赖拦住去路，为首的那个人长得高大结实，向那年轻男子道："小子，你整天背着长剑，好像很勇敢的样子，你要是有胆量，就刺我，没胆量的话，就从我胯下钻过去。"旁边的无赖帮腔起哄，那年轻男子一言不发，从那无赖胯下钻了过去，无赖们大笑。街上一个十七八岁的年轻公子见到此情景，大怒："无赖，真是欺人太甚。"三下两下，把那帮无赖打跑了。

那年轻男子向年轻公子道："多谢兄台仗义出手。在下淮阴韩信，请教兄台高姓大名。"那年轻公子道："原来是韩信兄，在下会稽孟远。韩信兄，过去喝杯酒。"韩信道："原来是孟远兄，韩信叨扰了。"两人到了一家酒楼坐下，孟远叫了些酒菜，两人喝起酒来。韩信向孟远道："孟远兄到淮阴何事？"孟远道："小弟想去华山学艺，途径淮阴，没想到遇到这事，让人气愤。"韩信道："宵小之辈，不提也罢。孟远兄，你我一见如故，不如结为兄弟，你意下如何？"孟

学习竞争

远道："小弟正有此意。"两人报了年纪，韩信是大哥，孟远是二弟。韩信道："二弟，华山剑法以奇诡见长，不如峨眉剑法博大精深，我看还是峨眉剑法更适合二弟。"孟远道："多谢大哥指点，小弟这就去峨眉。大哥，你又有何打算？"韩信道："我想去投军，现在秦失其鹿，群雄逐之，久闻项梁英勇，我想追随，不日即将动身。"孟远道："大哥壮志，小弟祝大哥早日建功立业。"酒毕，两人互相道别，来日再会。

孟远奔向峨眉，十余天后，到了峨眉山，遇到一个樵夫，问了峨眉派的所在，只身上山，山上树木郁葱，到处奇花异草，但山势陡峭，山道崎岖难行，有的地方必须用手攀爬才能上去，走了两个时辰，孟远正在休息，突然从山道上滚下一人，孟远伸手抓住那人的手，一看，是个十六七岁的女子，长得很秀气，孟远向那女子问道："你一个年轻姑娘，上山干什么？"那女子道："多谢公子相助，我上山拜师学艺。你上山又是干什么？"孟远道："我和你一样，想去峨眉派学艺。我叫孟远，会稽人氏，不知姑娘芳名？从哪儿来？"那女子道："我叫周云，从九江来。"两人于是结伴同行，走了一个时辰，到了峨眉派的所在，只见出来一人，向他们问道："两位来此有何贵干？"二人说明了来意，那人说道："随我来。"两人跟着那人进了大殿，只见里面坐着一个男子，年约五十岁，面如冠玉，三绺长须，那人向孟远、周云两人引见道："这就是我师父——峨眉派掌门李乘风。"孟远、周云两人向李乘风行了一个礼，道："小可孟远，小女子周云求师父收录

门下。"李乘风向两人道："看你们资质极佳，意志坚定，胜过寻常，我就收你们为徒。"两人道："多谢师父。"李乘风道："你们的大师兄张山已出师下山，在江湖上行侠仗义，这儿由你们的二师兄赵海打理，赵海，你给师弟、师妹引见一下各位师兄弟。"说着，把头转向一人，那人二十五六岁，正是赵海，赵海将孟远、周云介绍给各位师兄弟。自此，孟远正式成为峨眉派弟子，跟师妹周云一起练剑。

如此一年，先练剑法，再练内功，孟远天资聪颖，一年过后，剑法内功俱有相当火候，周云也不甘落后，一套峨眉剑法也练得相当娴熟。

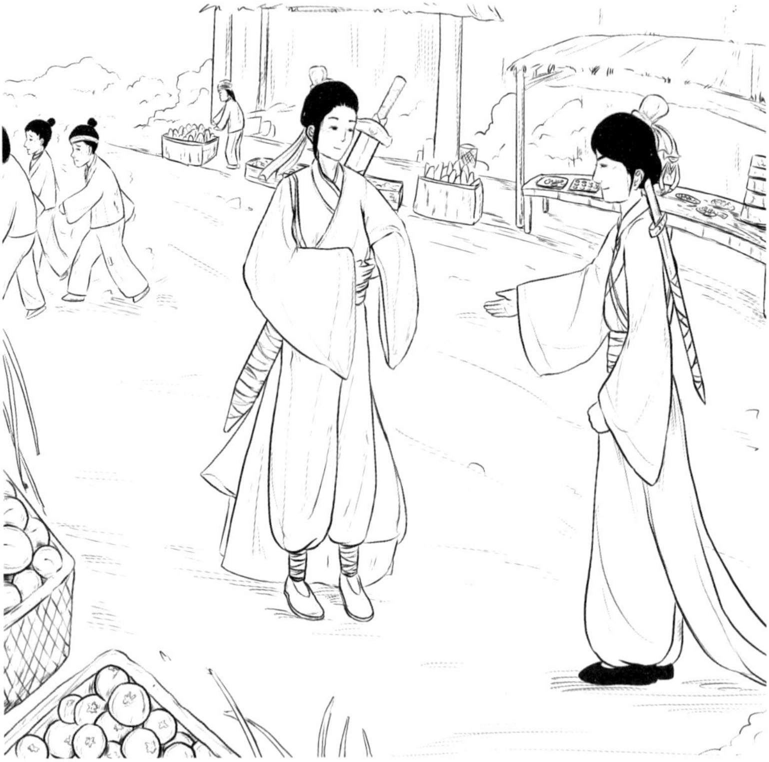

二

一日，李乘风召集门下众弟子，道："天魔教派人来下战书，约定五月初五在黄山与峨眉派、华山派、泰山派等正派武林人士决战，你们要加紧练剑，好为正派武林出一份力。"众弟子称是。

五月初五，李乘风率众弟子到了黄山，与华山派掌门方青松，泰山派掌门黄沧海一一见礼，三派弟子共有五百余人，严阵以待，不多时，只见天魔教教主郑天行带领左右使潘火、陆土和一千余名教众过来，向李乘风、方青松、黄沧海道："三位掌门，久违了，这次三位能如约前来，郑某不胜钦佩，我们也不以多欺少，你我双方各出三人，三位掌门与我和左右使一一较量，三局两胜，如我方胜，你们正派武林要臣服天魔教，如我方负，天魔教将不再侵犯正派武林，你们意下如何？"三人互相看了一下，都点了点头，李乘风向郑天行道："好，一言为定。"天魔教左使潘火站了出来，道："我来打第一仗，你们哪位出来与我一战？"方青松出来道："我来领教一下阁下的高招。"潘火亮出单刀，方青松拔出剑来，两人就斗了起来。潘火使出快刀刀法，一刀快似一刀，攻向方青松，方青松用华山剑法还击，出剑方位出其不意，两人

学习竞争

打了三十来招，方青松一招"飞燕横渡"刺中潘火的左肩，潘火受伤认输。右使陆土上前，向黄沧海道："让我来领教黄掌门的高招。"黄沧海道："好。"拔出剑来，陆土使一根镔铁棍，一招"泰山压顶"，向黄沧海当头打了下来，黄沧海用剑架住，施出泰山剑法，攻向陆土，陆土使出蟠龙棍法还击，泰山剑法以稳为主，讲究稳扎稳打，这正合陆土的心意，可以放手攻击，两人斗了有五十招，陆土一招"横扫千军"，打中黄沧海的右肋，黄沧海倒地，两名泰山派弟子过来将其扶走。

郑天行走了出来，向李乘风道："那我们就比第三场吧。"李乘风上前站定，与郑天行相距约三丈，向郑天行道："请。"郑天行道："好。"郑天行使出太阴神掌，一道浑厚的掌力向李乘风凌空击来，李乘风挥剑还击，一道剑气架住掌力，嗤嗤有声，两人好一场打斗，一个一出掌，地动山摇，一个使出剑，石破天惊，打了一个多时辰，不分胜负，旁观者都惊叹："好武艺，真是棋逢对手。"郑天行看难以取胜，跳出场外，向李乘风道："你我不分胜负，三局一胜一负一和，这次就到此为止，来日再战。"说完，带着天魔教教众离开了。

峨眉派、华山派、泰山派三派掌门各自道别，带着弟子也走了。

且说天魔教教众回到总坛，郑天行道："这次黄山之行无功而返，真懊恼。"潘火行了一个礼，道："教主，如今天下项羽称王，诸侯蠢蠢欲动，我们还是投靠项羽，为其镇

反平乱，功成之日我们就是国教，还怕不能一统江湖。"郑天行道："此主意甚好。你且带领十个高手前去投奔项羽，并代我致意，说天魔教随时听候差遣。"

学习竞争

三

再说韩信先投项梁，后项梁死，再随项羽，数次献计谋给项羽，项羽都没有采纳，韩信见状，遂背楚投汉，经过萧何月下追韩信，韩信被刘邦拜为大将军，统领三军。

一日清晨，韩信点卯，陈文、纪武二将不到，忙叫人去查看，发现二将在帐中遇刺身亡，一定是昨夜有人潜入营中行刺，韩信安排夜间巡逻人数增加一倍。第二天，又有两员将领遇刺身亡，韩信想："对方能在营中来去自如，一定是个武林高手，身怀绝技，我们要严加防范才好。"于是安排夜间巡逻人数再增加一倍，同时与萧何商量，应该招贤纳士，招收身怀绝技的武林人士，防范刺客。招贤榜文在汉境内到处张贴。

一日，李乘风召集众弟子，道："听闻天魔教已投靠项羽，暗杀汉军将士，项羽为人暴虐，难成大器，刘邦无赖出身，在咸阳能约法三章，与民秋毫无犯，是做皇帝的料，且刘邦帐下有韩信，此人有鬼神莫测之机，刘邦得此人辅佐，必成大业，现在韩信在招贤纳士，我打算派两人去投奔韩信，你们谁愿意去？"孟远想念大哥，向李乘风道："师父，弟子愿意去。"周云亦道："弟子也愿意去。"李乘风吩咐二人一切小心。

孟远、周云到了韩信营前向守营门军士道:"我们是峨眉派的弟子,前来投军,请通报大将军。"那军士前去通报,不多时,只见韩信亲自出门迎接,一见是孟远,喜道:"原来是二弟,想煞大哥了。"孟远向韩信介绍了周云,道:"我们奉师命前来投奔大哥,今日一见,真是高兴,为大哥效劳,是我的心愿。"

韩信安排两人在营中住下,当晚设宴款待。韩信向两人说了营中将士被刺的事情,孟远道:"可能是天魔教的高手做的,我们会多加小心,防范刺客。"韩信道:"好,如此有劳两位了。"当晚无事。

过了七八日,这晚三更,孟远、周云分开巡逻,孟远四下留意,忽然发现一道黑影从曹参将军帐后一闪而过,孟远一个急步,窜了过去,只见一个黑衣人手执单刀正绕到前门,孟远大叫一声:"哪里走。"封住了那黑衣人的去路,那黑衣人一刀劈来,孟远用剑架住,两人斗了有十个回合,孟远一剑刺中了黑衣人的胸口,那黑衣人当场毙命。周云和众将士闻声赶了过来,见刺客已死,都称赞孟远好本事。

学习竞争

四

一日，刘邦问韩信："韩将军，我们什么时候可以攻打项羽？"韩信道："先修栈道，时机一到，就可从小路暗度陈仓袭章邯。"刘邦道："好计策。"命人叫来樊哙，向樊哙道："樊将军，你率五千人去修烧毁的栈道，等栈道修完，就可以攻打项羽。"樊哙领命而去。

于是汉军开始修栈道，这几百里栈道都在悬崖峭壁上，要几年才修得完呢，项羽和章邯闻讯大笑："汉，不足虑也。"樊哙也挺泄气的，不过军令难违，好在总有希望，能攻打项羽。栈道修了半年，项羽和章邯开始抽调兵力，减轻对汉军的防守。韩信一看时机差不多了，向刘邦道："大王，可以出兵了。"刘邦命韩信统率大军从小路向陈仓进发。

韩信令曹参为先锋先行，大军紧随其后，孟远和周云随曹参而行，这条小路人迹罕至，崎岖难行，行了半日，才走五十里，正行走间，前头兵士来报曹参，道："发现前方有几个人鬼鬼祟祟，一见我军，立刻逃走。"曹参道："可能是敌探，要是被他们逃去报告章邯，就大事不妙，孟远、周云，你们快去追，格杀勿论。"二人领命前去追赶，二人身负内力，施展轻功，不到半炷香时间，就看到有人在前面不远处奔走，

孟远大喝一声:"站住,你们是什么人?"奔逃的一共有五个人,回过头来,一看只有孟远、周云两个人,顿时面露杀机,手持单刀,向二人砍了过来。孟远、周云使出峨眉剑法,与敌相斗,发现对方刀法纯熟,不像寻常军士,孟远道:"你们是天魔教的人?"其中有一人道:"正是,算你小子有眼光。"孟远、周云运起内力,顿时剑气飞扬,一剑一个,将那五人都杀了。不久,曹参部队赶到,孟远、周云向曹参道:"他们是天魔教的人,已被我们杀了。"曹参道:"你们立了大功。"

次日清晨,韩信兵到陈仓,章邯大惊,败走废丘。韩信水淹废丘,城破,章邯拔剑自刎,董翳、司马欣降,刘邦定三秦。

五

一日，韩信正在帐中看兵书，忽有军士通报："华山弟子汪勇、徐智来投。"韩信出帐迎接，见那两位剑客仪表不俗，甚喜，两人向韩信拜倒，道："我们奉师父方青松之命特来投将军，望将军收留，愿效犬马之劳。"韩信道："两位请起，以后就要辛苦两位了。"安排他们在营中住下，命人叫来孟远、周云，介绍他们认识。

刘邦出关，收魏、河南、韩、殷王皆降。合齐、赵共击楚，至彭城，汉兵败散而还。韩信复收兵与刘邦会荥阳，复击破楚京、索之间，以故楚兵卒不能西。

魏豹反汉，与楚约和。刘邦以韩信为左丞相，击魏。魏豹陈兵蒲坂，封锁临晋，韩信虚张声势，派一队兵马准备船只假装要在临晋渡河，却令孟远、周云、汪勇、徐智四人为先锋，带领三百勇士从夏阳以木罂缻渡河，孟远四人领三百人上岸之后，以摧枯拉朽之势消灭守军，韩信军亦渡过黄河，合兵一处，袭击安邑，魏豹大惊，引兵迎战韩信，两军对峙，魏豹手下有一员猛将，叫石开，得过异人传授，使流星锤，有万夫不当之勇，石开叫阵，曹参迎敌，不到十个回合，曹参败下阵来，樊哙再战，仍不敌，孟远出战，运起内力，使

出峨眉剑法，剑气纵横，好一场恶战，那流星锤上下翻飞，毫无破绽，周云见孟远仍不能胜，上前助阵，双剑合璧，威力无穷，那石开渐感不支，败下阵来，魏兵退逃，韩信领兵杀上，一场厮杀，混乱中魏豹逃跑，孟远追上，生擒魏豹。韩信定魏。

刘邦令韩信击赵。

学习竞争

六

　　韩信与张耳以兵数万，欲东下井陉击赵。赵王、成安君陈馀闻汉要来袭击，聚兵井陉口，号称二十万。韩信命孟远打探敌方动静，孟远每日寅时过去，伏在成安君大帐外，戌时回来，一日只见广武君李左车来，向成安君道："闻汉将韩信涉西河，虏魏王，擒夏说，今乃辅以张耳，议欲下赵，此乘胜而去国远斗，其锋不可当。臣闻千里馈粮，士有饥色，樵苏后爨，师不宿饱。今井陉之道，车不得方轨，骑不得成列，行数百里，其势粮食必在其后。愿足下假臣奇兵三万人，从间道绝其辎重；足下深沟高垒，坚营勿与战。彼前不得斗，退不得还，吾奇兵绝其后，使野无所掠，不至十日，而两将之头可置于麾下。愿君留意臣之计。否，必为二子所擒矣。"成安君，是一位儒将，常称义兵不用诈谋奇计，道："吾闻兵法十则围之，倍则战。今韩信兵号数万，其实不过数千。能千里而袭我，亦已罢极。今如此避而不击，后有大者，何以加之！则诸侯谓吾怯，而轻来伐我。"不听广武君策，广武君策不用。孟远把听到的一字不漏地告诉了韩信，韩信大喜，乃敢引兵遂下。

　　离井陉口三十里，大军止步。夜半传令出发，选轻骑二千人，人持一赤帜，从间道萆山而望赵军，告诫道："赵见我走，必

空壁逐我，若疾入赵壁，拔赵帜，立汉赤帜。"令其裨将传飧，道："今日破赵会食！"诸将皆莫信，详应道："诺。"韩信谓军吏道："赵已先据便地为壁，且彼未见吾大将旗鼓，未肯击前行，恐吾至阻险而还。"韩信乃使万人先行，出，背水陈。赵军望见而大笑。天亮，大将之旗鼓，鼓行出井陉口，赵开壁击之，大战良久。于是韩信、张耳详弃鼓旗，走水上军。水上军开入之，复疾战。赵果空壁争汉鼓旗，逐韩信、张耳。韩信、张耳已入水上军，军皆殊死战，不可败。韩信所出奇兵二千骑，共候赵空壁逐利，则驰入赵壁，皆拔赵旗，立汉赤帜二千。赵军已不胜，不能得信等，欲还归壁，壁皆汉赤帜，而大惊，以为汉皆已得赵王将矣，兵遂乱，遁走，赵将虽斩之，不能禁也。于是汉兵夹击，大破虏赵军，斩成安君泜水上，擒赵王歇。

韩信传令军中勿杀广武君，有能生得者赏千金。有人绑着广武君过来，韩信亲解其缚，以老师之礼待之。

诸将庆贺，问韩信道："兵法右倍山陵，前左水泽，今者将军令臣等反背水陈，曰破赵会食，臣等不服。然竟以胜，此何术也？"韩信道："此在兵法，顾诸君不察耳。兵法不曰'陷之死地而后生，置之亡地而后存'？况且我平素没有机会训练诸位将士，此所谓'驱市人而战之'，其势非置之死地，使人人自为战；今予之生地，皆走，宁尚可得而用之乎！"诸将皆服道："善。非臣所及也。"①

孟远的大师兄张山来投韩信。

---

① 参考《史记·淮阴侯列传》原文

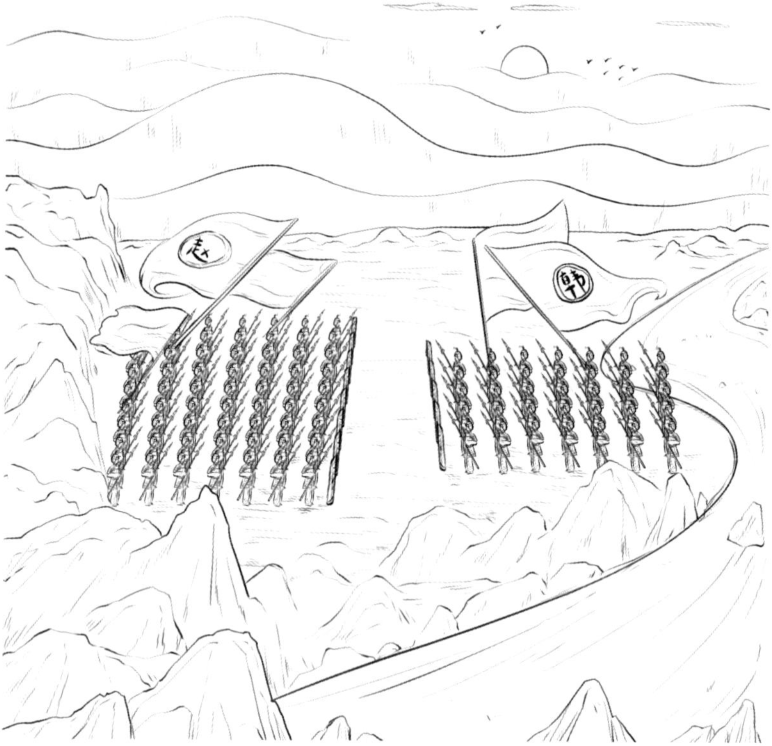
赵
韩

七

刘邦令韩信击齐。

韩信引兵向东，未渡平原，闻汉王使郦食其已说下齐，韩信欲止。范阳辩士蒯通说韩信道："将军受诏击齐，而汉又使人说下齐，有下诏叫将军停止吗？"韩信然之，遂渡河。齐已听郦生，即留纵酒，撤除守御。韩信因袭齐历下军，遂至临菑。齐王田广以郦生卖己，乃烹之，而走高密，使使之楚请救。韩信已定临菑，遂东追田广至高密西。楚亦使龙且将，号称二十万，救齐。被韩信半渡而击，破楚军，杀龙且。

泰山派掌门黄沧海率门下弟子三百人来投齐丞相田横，田横甚是高兴，与韩信手下大将灌婴交战，灌婴不敌，向韩信求救。韩信派出张山、孟远、周云、汪勇、徐智率领三千军士火速救援，两军对峙，黄沧海出战，张山迎战，黄沧海使出泰山剑法，张山使出峨眉剑法，两人打斗起来，张山已得到李乘风的真传，剑气可达两丈，黄沧海只得把剑舞个风雨不透，挡住剑气，不到半个时辰，便难支持，败下阵来。孟远、周云、汪勇、徐智带着三千军士杀向敌军，虽然泰山派三百弟子个个身怀绝技，但行军冲仗，终究敌不过千军万马，节节败退，最后田横带着他们投彭越。

韩信平定齐地，被封为齐王。

学习竞争

八

　　楚已亡龙且，项羽恐，使武涉前往说齐王韩信道："天下人对秦朝的统治痛恨已久了，大家才合力攻打它。秦朝破灭后，计功割地，分土而王之，以休士卒。今汉王复兴兵而东，侵人之分，夺人之地，已破三秦，引兵出关，收诸侯之兵以东击楚，其意非尽吞天下者不休，其不知厌足如是甚也。且汉王身居项王掌握中数矣，项王怜悯他没有杀他，汉王得脱，就背约，复击项王，其不可亲信如此。今足下虽自以与汉王为厚交，为之尽力用兵，终为之所擒矣。足下所以得须臾至今者，以项王尚存也。当今二王之事，权在足下。足下右投则汉王胜，左投则项王胜。项王今日亡，则次取足下。足下与项王有故，何不反汉与楚连和，分天下王之？如今，放过这个时机，必然要站到汉王一边攻打项王，一个智者，难道应该这样做吗？"韩信辞谢道："我侍奉项王，官不过郎中，位不过执戟，言不听，计不用，所以我背楚归汉。汉王授予我上将军的印信，给我几万人马，脱下他身上的衣服给我穿，把好食物让给我吃，言听计从，所以我才能够到今天这个样子。人家对我亲近、信赖，我背叛他不吉祥，即使到死也不变心。希望阁下替我辞谢项王的盛情！"

武涉回报项羽，道："大王，韩信心意坚决，不肯背汉，我们还是另想办法。"项羽令人叫来潘火，叫他去行刺韩信，潘火领命。

    一日，韩信在城中巡视，走在街道的转角处，一个大汉手执单刀向他劈来，韩信拔剑架住，旁边的卫士蜂拥而上，与那大汉斗了起来，那大汉武艺高强，卫士被砍倒了好几个，正自危急，孟远等四人闻讯赶来，一看那大汉正是天魔教左使潘火，立刻拔剑，向潘火攻去，潘火想速战速决，使出快刀刀法，与四人展开恶斗，孟远、周云运起内力，一道道剑气击向潘火，潘火左支右架，渐感不支，想撤走，被汪勇、徐智两人封住去路，又勉强接了四五招，被孟远一招"雷电乍现"扫中肩头，潘火单刀落地，周云一剑刺中潘火咽喉，潘火立时毙命。

    韩信加强了防护。

九

韩信十面埋伏垓下破项羽，项羽乌江自刎。刘邦称帝。

张山、孟远、周云等人辞别韩信，孟远向韩信道："鸟尽弓藏，兔死狗烹，大哥一切小心。"韩信道："二弟保重。"孟远、周云回到峨眉山。

天魔教教主郑天行见项羽已死，自己又损失了一个得力助手左使潘火，心中闷闷不乐。所幸泰山派已走，先灭华山派，再灭峨眉派，郑天行打定了主意。

六月初六，郑天行带领右使陆土和一千余教众攻打华山派，到了华山脚下，命令五百人守住上山通道，以防峨眉派救援，自己带着余下人马上山攻打华山派，正巧张山在华山一带行走，看到大批天魔教教众，知道不妙，肯定是去攻打华山派，要去通知师父才好，张山想定，向峨眉奔去。郑天行上山攻打华山派，早有门人来报掌门方青松，方青松调派人手，守住上山通道，一面派人从另一条小路向峨眉派求救。不到一个时辰，陆土带着先头人马杀到了，山道狭窄，一阵厮杀，双方伤亡惨重。陆土一根镔铁棍使得呼呼生风，磕着就伤，硬生生地杀到了大殿前，方青松迎住，使出华山剑法，陆土使出蟠龙棍法，双方斗得难解难分，华山派弟子使出七

星阵，挽回了劣势，郑天行出手，被七星阵困住，七星阵由七人组成，大七星阵有七个七星阵共四十九人组成，郑天行使出太阴神掌，掌力可达三丈，所幸华山派弟子配合娴熟，郑天行一时难以取胜，但天魔教教众源源不断地赶来，华山派弟子渐感不支，打了一天一夜，华山派只剩掌门方青松和汪勇、徐智等十余名弟子在苦苦支持。

这时，天魔教教众突然大乱，原来峨眉派救兵来到，掌门李乘风带着张山、赵海、孟远、周云等弟子三百余人杀到，天魔教教众抵挡不住，四下逃散。张山助方青松抵挡陆士，李乘风则与郑天行相斗，陆士打方青松也只是平手，加上张山，便不是对手，斗了十来招，被张山一剑刺死，郑天行与李乘风功力本来旗鼓相当，但郑天行打了一天一夜，消耗了大量内力，抵挡不住李乘风的剑气，终被诛杀。天魔教覆灭。

学习竞争

十

再说韩信先从齐王被徙为楚王，再被贬为淮阴侯，最后被吕后斩杀于未央宫。有史官叹韩信之功，其诗曰：

可惜淮阴侯，能分高祖忧。
三秦如破竹，燕赵一时休。
北堰沙囊水，乌江逼项头。
功成飞白刃，千载恨悠悠。

孟远听闻韩信被杀，心灰意冷，与周云隐居山林。

（完）